作家の贅沢すぎる時間

そこで出逢った店々と人々

伊集院静

双葉文庫

目次

作家の贅沢な時間―そこで出逢った店々と人々―

〝北の手〟贅沢な時間だった　7
第一章　作家の贅沢な時間―そこで出逢った店々と人々―　15
北は海の幸が違う　16
炉端焼の名店　23
真の体力、気力の食べ物　30
信頼できる喰い道楽　39
鎌倉、逗子の店　45
こんな店で飲んで来た（大阪編）　51
こんな店で飲んで来た（京都編）　57

関西から関東はあっても 64
京都をぽつぽつ思い出して 71
銀座はたいした街らしい 75
担保はそのレースでどうだ？ 81
ボロアパートと上野、浅草界隈 87
天神下の志ん生 92
風邪の時のサムゲタン 97
下北沢に名人がいた 100
若いうちに無理、無茶をやる 105
無事に帰って来たんだから 116
無口で、無愛想な主人たち 122
神楽坂に引っ越してみると 128
リーチ一発ツモドラ二十 134
滝までの道は険しい 140
日本のウイスキーの水準 144

第二章　日々想い、言葉を綴る　149

ミサイル？　それを書けって？　150
新刊『琥珀の夢』のあれこれ　156
阿佐田、色川の二冊の新刊　162
休日の読書は　168
いけない！　スナック友達　174
車窓で思ったこと　180
ヤマにむかう予感　186
小説を書く前に　192
キャンディ・キャンディ　198
競馬場はどこですか？　205
麻雀の神様の借用書　211
とんでもないゴルフの日が来る　218

野球とゴルフ 224
バカは死ななきゃ治らない 228
スリーラウンドプレーの効用 234
そこに見えない人が…… 240
ゴルフはなぜ低迷するのか？ 246
こんなギャンブルをして来た① 251
こんなギャンブルをして来た② 257
あらあら、たいしたお年玉ね 265

掲載店リスト 270

〝北の手〟贅沢な時間だった

今でも、どうして、あの店に行ったのか思い出せない。

私は、あの夕刻、なぜ、あの店に足をむけたのか、まったく思い出せない。

これから紹介する大半の店が、そんな出逢いからはじまった。

出逢いというものは、すべからく、そういうものではないだろうか。

人であれ、店であれ、街、土地であれ、そこらをさまよい、やがて辿り着いた店々、そこにいた無口な人々は、愛想笑いも、ご愛想さえ言わない、無口で、不器用な人々だった。それゆえに長い歳月、私と、その通り、路地と、街、店、人々との交流が続いたのではないかと思う。


その日の夕刻、青森は思わぬ、雨に見舞われた。

五日目の特別競輪の準決勝がはじまる頃、雲行きが怪しくなり、最終レースはバンクが濡れた。

思わぬ雨は、おけら街道を歩く私の肩にも、黙ってバス停へむかう人々の背中にも降りかかっていた。

東京までの帰りの電車賃、その日の腹を満たし、一杯やるくらいの金は残っていた。

——それでも……。

それでも、私の懐には、翌日の最終日、決勝戦を打つタマが切れていた。

資金不足だったわけではない。普通のサラリーマンが一年かかって稼ぐ額くらいは懐に入れて青森に乗り込んだ。

自分のギャンブルが青かっただけのことだった。

その店へは、昨晩も立ち寄った。

今夜も、少し寄るつもりだと告げてホテルに戻っていたから、店へ行く時刻を告げておいた。

店の前に女将《おかみ》が傘を手に立っていた。

美しい着物姿であった。

三日前に訪ねた折も、店の丁寧さと、洗練された客あしらいに感心していた。

店に入ると、

「おう、お帰り」

と主人は言った。

——お帰りか……。

少し跋《ばつ》が悪かった。六日間の〝旅打ち〟(ギャンブルをしながら旅をすること)で、こちらのやり方がマズく、今夜が最後になりそうだった。

主人は伏し目がちな私の表情を察してか、カウンターの隅の席を手で指した。

「俺も、そっちはしない方じゃないから、いろいろあるよ」

主人は私に気遣って言ってくれた。

五日間の戦いに敗れた口惜しさもあってか、私は少し飲み過ぎた。

目覚めると、店の奥座敷に毛布を身体にかけられ、寝入っていた。

——これはイカン、何という失態だ……。

わずかに開けた窓の隙間から、短い北国の夏の夜明けが近づいていた。

——さあ、ここを早々に出て駅にむかい、街を出て行くか。

女将の気遣いか、枕元におかれた御盆から水を取り飲み干した時、封筒がひとつあるのが目に留まった。

封を開けば、金が入っている。

額を見ると、かなりのもので、しかも急いで一晩で掻き集めた様子が伝わった。
手紙もあった。
〝遠慮なく、明日使って下さい。店主〟
文字を読み返しながら、タメ息を零《こぼ》し、頭を掻きむしった。
――どうしたものか……。
封筒の金は、最終の決勝戦を十分に戦える額である。
つい数日前に知り合った鮨屋《すしや》の主人と、女将である。
考えあぐねた末、私はその金を鷲掴《わしづか》んで競輪場へむかった。
若かったのである。ともかく人の情の何たるかをまるでわかっていなかった。
後日譚……その夏から二十数年のつき合いが、その鮨店と、主人、女将とはじまる。
金は、勿論、帰京後すぐに返したが、利息は受け取らなかった（当たり前だ）。
今でも季節になると酒の肴《さかな》が仙台の家に届く。
こちらは何ひとつできない。

今でも、店にあるかどうかはわからぬが、私の色紙が何年か置いてあった。色紙は書くことがないので、珍しかった。

〝北の手〟と書いた。

いかにも長く修業したように見える主人の太く野性味のある手が、この人の人柄を語っているように見えた。

男の手だった。しかも職人独特の、辛苦に耐えて来た手だった。

あの夜半、私は、主人の手の中で寝ていたのかもしれない。

そうして今日までの長い歳月、ぐうたら作家は、まだ、あの手の中で遊んでいるのかもしれない。

そうした者にしかわからぬことだが、その手は骨太くて、荒れているが、実にあたたかい温度を持っている。

今はたしか、少年時代に野球に夢中で、修業から戻った倅《せがれ》も握っていて、しかも美味いと評判である。

青森に立ち寄られた折は、ぜひとも主人の、あの手と、人なつっこい顔をご覧になるのも一興かと思う……。

数えてみれば、七十数軒の店が紹介してあると言う。

その数を聞いた時、

――そんなに店があるはずがない……。

と私は何かの冗談だろう、と思った。

ところが、一軒一軒を担当者のS君が打ち出してくれた店名と土地名を読んでいくうちに、

――なるほど、どこも皆同じように世話になった店、人々ばかりだ……。

「一軒一軒に連絡して、断わりを入れねば」

そう思ったが、すでに店を閉じている所もあれば、鬼籍に入った人々もいる。

――どうしたらいいものか……。

と考えているうちに、大きな病いを患い、皆から見舞を頂く不始末。

コロナ騒ぎの中、この本を出版することになった。

私は無事に退院し、今は元気にしていますから、と言う御礼の手紙替りに出版することにした。

店々に迷惑をかけることもあろう。

佳《よ》い店ほど、美味《うま》い店ほど、主人は気難しいのが相場である。

そういう店が大半である。

本ができたら、これを持って一軒一軒訪ねて行くのが、人の成すべきことなのだろうが、どうも、それもかなわなそうだ。ごかんべん願うしかない。

いや皆さん、その節は本当にお世話になり、このぐうたら作家の我《わ》が儘《まま》をよくぞ辛抱して下さった。ありがとう。

二〇二〇年八月　伊集院　静

第一章　作家の贅沢すぎる時間

北は海の幸が違う

これまで海外、国内をあちこち旅して来た。

この季節になると、その旅先で知り合った人たち、店から挨拶や、寒中見舞いの手紙が届く。

その文章、店名、屋号の文字を見ていると、何十年も前に訪ねた折のご主人、飲み交わした酒、出された肴の味覚がよみがえって来る。

私はこれまで、そういう店や、懇意にした人々の話を、仕事の文章の中に具体的に書くことをして来なかった。

と言うのは、私が書くことで思わぬ客がそこへ行き、迷惑になることがあると思っていたからである。

ところが先日、東京で長く世話になっていた鮨屋が、今月を持って店を閉じると報せの葉書きが届いた。

四十年近くのつき合いの店であったから、少なからず驚き、よくよく考えてみたら、主人とて高齢であり、さもあらんと思った。

しばらく淋しい気持ちと、世話になって来た長い歳月を思い出していると、他の店も同じような事情をかかえているのではと思いはじめた。

それでこれから、そんな店や主人、女将の話などを具体的に書いて、一人でも多くの方が訪ねて下されば、それもまた何かの役に立つ気がしたので、思いつくまま国内の店々を書くことにした。

まずは北だが、北海道とはさほど縁はないが、函館競輪の記念と札幌競馬、襟《えり》裳《も》岬の近くまで走る日高本線に乗って競走馬の牧場を訪ねたくらいだ。あとはゴルフの旅が少し。サイン会、講演会が一度ずつ。北海道が舞台の小説を書こうと取材旅行へ行った。

だから特別馴染《なじ》みの店はないが、札幌の中心から車で二十～三十分行ったところに『円《まど》か』なる小料理屋があり、そこへは数度出かけた。

私の連載で何度も退屈男の名前で登場した編集者のK野と訪ねた。

退屈男との旅だから競輪の旅であったのだろう。退屈男の夫人は漫画家の大和《やまと》和《わ》紀《き》さん（『あさきゆめみし』『はいからさんが通る』）で、その夫人の友人が『円か』の主人、ハナザワさんだった。その店の屋号を書いてくれないかと夫人から依頼され、拙《つたな》い文字を書いた。

この店で食したホッケはたいした味であった。お酒もさまざまな種類が置いてあり、居心地も良かった。今もたぶんあるのだと思うが、北海道と言えば、私にはその『円か』である。

本州に渡り、青森へ行くと、ねぶた祭りの時期に青森競輪場は特別競輪を開催した。

色川武大《たけひろ》氏こと阿佐田哲也さんと二人して出かけた。

青森駅に着くと良い天気で、その空を見て、阿佐田さんが、

「いい青空ですね。伊集院さん、何だか今回は勝ちそうな気がして来ました。勝ったら、そうだな、青森の半分を買って帰りましょうかね」

「そうですか。では私は津軽半島を半分買いましょう」

「そりゃイイ。青森は美人も多いですからね」

その旅は、先生と二人しての旅の中でも、前半だったので、その時、感心したのは、先生が何年も前に訪ねたトンカツ屋や中華料理店を覚えていて、路地を歩いていて、突然、

「たしかこの路地の奥に美味い餃子を食べさせる店があったはずだ」

と言い出し、奥へすすむと、その店がちゃんとあり、先生は常連客のように座られたことがあった。

大切なのは記憶である。

私にとって青森は『天《てん》ふじ』という鮨店で、何かの特別競輪を打ちに行き、毎晩通った店である。

その時、私は準決勝戦の日にパンクしてしまい、オケラになった。

鮨代は残っていたから、最後に礼を言おうとカウンターに座った。

「どうしたよ、先生、元気がないじゃねぇか？」

連日通っていたから、主人とも会話がはずむようになっていた。

「いや、そうでもない。今回は楽しかった。ありがとう」

「あれ？　明日が決勝だろうよ。どうしたの？」

私は何も言わず、肴で飲んでいた。すると主人は小声で言った。

「オケラになったのかい？」

「まあそんなもんだ。まだまだ修業が足らんよ」

「そうか。じゃ今夜はしこたま飲んでうちの座敷で寝て、それで帰りゃいいよ」

言葉に甘えて、しこたま飲んで、どうやって寝たのかも覚えていない。

朝、目覚めると、枕元に、その夜主人がかき集めた金の入った封筒が置いてあった。

金額は書かぬが、一見《いちげん》の客で、まだ知り合って数日の青二才に渡すような金額ではなかった。

――どうしたものか？

と考えて、それを握って競輪場へ走った。結果はまたオケラだが、それ以来のつき合いがはじまった。

青森へ行けば必ず立ち寄る。

鮨としては、北ではピカ一だと思っている。

勢いのある鮨である。勿論、ネタも豊富で、主人の目が利くから美味この上ない。

酒も絶品が揃えてある。

私はカウンターの隅で、肴と酒をやる。『天ふじ』を訪ねると、いつも驚くのは、北の漁場で獲れる食材の多さである。

女将も美人でやさしい。今は東京で修業した息子さんも板前に立っている。

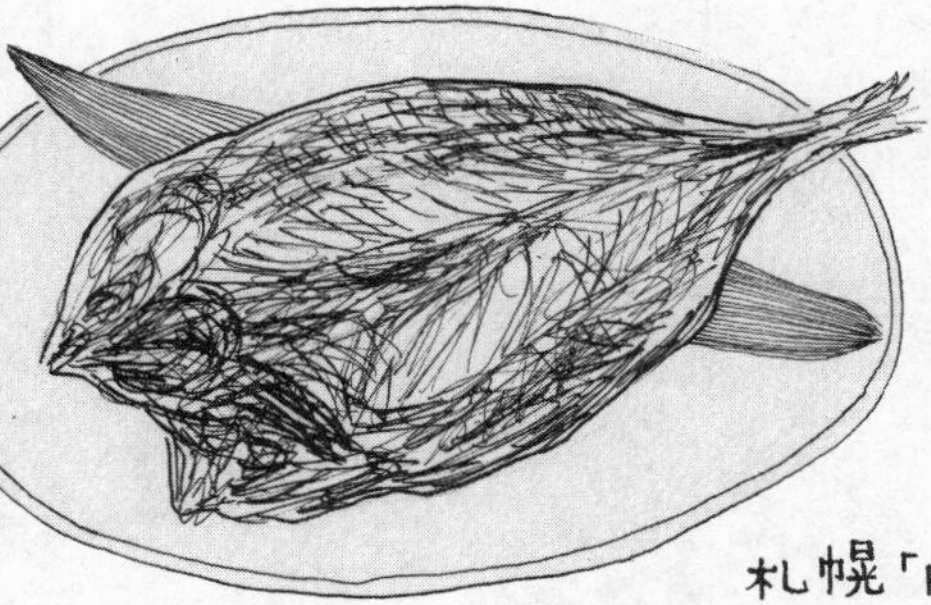

札幌「円か」
ホッケ

断わっておくが、別に金を工面してくれたから誉めているのではない。
青森を訪ねたら一度、店をのぞいてみても、期待を裏切ることはなかろう。
秋田、岩手はギャンブル場がないので疎遠である。山形も同じだ。
宮城にもギャンブル場はないが、こちらは地元になったので、何軒かの店を訪ねる。
まずは仙台市内、国分町にある『地雷也《じらいや》』。これは東北の炉端焼《ろばたやき》の元祖である。
詳しいことは次回!

炉端焼の名店

前回から、これまでさまざまな街、土地を訪ねた折に、そこで出逢った店、人、風景のことを書きはじめた。

前回は店の屋号だけの紹介になった『地雷也』の続きだ。

店は仙台、国分町の中心にある。

地元では有名なサンドイッチ店のむかいの地下にある。

私が知る限り、東北で初めて〝炉端焼〟の店として開店した。

先代はすでにいらっしゃらないから、ずいぶんと古い店なのだろう。

その店に初めて行ったのが、誰とだったかは忘れたが、おそらく仙台に住居を構えてすぐの頃だから、二十年以上前になる。

仙台が故郷の家人の案内だったかもしれない。

店に入って、中が広いのに驚いた記憶がある。カウンターが十五、六席あった。左手に上がり座敷があり、ここも二十人は座れる。手前に小上がりのような部屋がひがとつ。

これだけの構えだと、焼き方と奥にいる煮方、刺身、汁物を調理する職人が四、五人はいる。カウンターの中央に炉端焼の職人が一人で立っている。そして外周りの女性が三、四人。仙台としては大店《おおだな》の部類である。

酒もよく揃えてあるし、生ビールもふたつのメーカーでこなす。大店はたいがい生ビールにしてもひとつのメーカーに絞るのだが、それを見て、店の姿勢が見えた。

日本酒なども燗をさせても、塩梅《あんばい》がよい。

しかし何よりの売り物は炉端で焼く食材で、東北、仙台はご存知のとおり、黒潮の流れる金華山沖という日本でも有数の漁場がある。同時に点在するちいさな漁港があるから魚以外の貝、ウニ、海藻といったものも種類が多い。

その中でも上質のキンキを揃えてある。一枚を開いても、半身でも用意してくれる。

これがこの店の名物だろう。実際通いはじめてから他の客の注文を見ていても、圧倒的にこのキンキを注文する客が多い。

これを食した後、骨と皮をそのまま熱いスープの中で軽く煮込んで出してくれる。

いっときキンキが不足していた時期も、店は必死で質、量を揃えていたから、よほど仕入れ先とのつき合いが長いのだろう。

私が好むのは、店の特製の笹カマボコで、その日に練り上げて、焼場で上手く焼いてくれる。これが酒の肴に合う。但し、数が少ないので、笹カマボコを食べたければ、早い時間（五時か、五時半の開店だと思う）に入らなくてはならない。以前は土産品で笹カマボコを食したが、やはり焼き立ては味覚、食感がまるで違う。

キンキ以外に、季節ごとの魚が並べてある。サンマ、アジ、カマス……と皆大きさが十分のものを仕入れている。

家人は鶏の朴葉《ほおば》焼を土産品に持ち帰るが、これが冷えてからでもなかなかである。

魚の刺身も、トロ、カツオ、白身と皆新鮮である。

鶏があるのだから、勿論、肉もある。仙台牛だと思うが、ステーキも焼き方に何かコツでもあるのか、よろしい。

飯は、麦飯に自然薯《じねんじょ》だろうか、これを擂《す》り出したものを掛けて食べる客が多い。大半は地元の客だが、楽天イーグルスの地元でのゲームがあった日など混み合っているようだ。

私は店主と懇意にしていて、松井秀喜さんがまだヤンキースで活躍している頃、店主に特大サイズのヤンキースのトレーナーを着てもらっていた。

仙台へ旅に出かけられたら、一夜『地雷也』で楽しまれればよかろう。

この『地雷也』で腹を足した後、私は大通りに出て、五分ばかり歩いた場所の、これも地下にある名物バーに通った。

バー『クラドック』。知る人ぞ知る名店で、主人の古田氏も全国のバーテンが知るほどだった。

残念ながら、高齢になられて数年前に一度、店を閉じた。

ここでドライマティーニを飲みながら、モーツァルトのホルン協奏曲を聴くのが、店の過ごし方だった。

古田氏がいるうちに紹介したかったが残念である。

こういう文章を書こうと決めたのには、このバーのようになってしまうケース

仙台「地雷也」キンキ

が出はじめたからである。

仙台の街中で行く店はこのふたつだった。

あとは住居のある泉区で、泉中央駅の近くにある焼肉の『大同苑《だいどうえん》』と釜めしの『りじえーるひろ』。釜めしの方は主人が、先日、身体を少し痛めたので、店を閉めてしまった。

仙台には二十年以上住んでいるが他の店に行くことはない。

自宅で食べた方がよほどラクだし、家人が通う魚屋の食材もなんとか酒に合う。

岩手、山形にも良い店があるのだろうが、何しろギャンブル場がないので訪ねる機会がない。

福島も競馬場はあるが訪ねることがない。

新潟は〝吉乃川《よしのがわ》〟という酒蔵が長岡にあり、そこの主人に連れられて行った新潟市内の小料理屋はさすがだったが、一度きりで屋号も、町名も覚えてない。

長野、山梨は洋酒メーカーの招待で訪ねたが、その折、一軒の古民家造りの店に寄った。これもなかなかだったが同じように屋号も記憶していない。

栃木、群馬は競輪で訪ねたが、これはという店には縁がない。

私は店の味覚は覚えていないが、主人の顔と人となりは忘れない。

行き着く処、味覚より人である。信頼する人がこしらえれば、それが一番なのである。

次は関東に入る。

真の体力、気力の食べ物

では二回にわたって書いて来たこれまで私が通った店の話の続きだ。東北のことを書き終えて思い出したのだが、青森の弘前《ひろさき》で一軒良い感じのバーに入ったことがある。名前を失念したが、若いバーテンダーの主人が経営するバーだった。思い出したら紹介する。

関東はまず横浜から逗子《ずし》、鎌倉あたりから紹介しよう。

私は上京し、野球部を退部してから東京のあちこちに転住して横浜に移り住んだ。

横浜に移り住んだのは、私が生まれ育った土地に常に海があったからだろう。

横浜の時代は、早朝から夜遅くまで働きっぱなしだった。

今は物書きとしてかなりハードな仕事のスケジュールをこなしているが（私自身はそんなふうに思ってはいないが）、この当時は肉体を使う仕事としては、これまでの短い人生の中で、おそらく一番働いただろう。

早朝五時半に起きて、アメリカ軍専門の移動の車を運転し、夕刻まで荷積みから荷揚げまでをくり返し、夕刻からコックまがいのことを夜の十二時までやり、十二時からゴルフ練習場のボール拾いを深夜二時までやり、事務所の土間で休んだ。

どこで睡眠を摂っていたのかわからないが、何も持たない人というのは、他人と同じことをしていてはどうにもならないのだろう。

この当時は安い飯屋と、安い居酒屋でしか腹に入るものはなかったから、紹介してもおそらくそれらの店はすでにないだろうし、名前も覚えていない。

ただ覚えているのは、本牧《ほんもく》にある『ベニス』というイタリアンレストランである。

ここへは、時折、身なりをきちんとして出かけた記憶がある。

ベトナム戦争の終る時期で、アメリカ軍の兵士がやって来ていた。

『ベニス』ではスパゲティーが美味かった記憶があるが、一番の思い出は、その店で日本人の若い女にちょっかいを出していたアメリカ兵と喧嘩になり、殴られた左目が二ヶ月近く視力を失なったことだ。今もその時の傷が左目の眼球に残っている。何しろ食べ物にしろ酒にしろ味がわかっていなかった。

横浜時代のつまらぬことを書いたが、青二才はそれでも必死だったのだろう。

それにしても、あのアメリカ兵のパンチは凄かった。

それを思い出したのは、三十年後のことだ。アメリカのメンフィスまでタイソンの復帰試合を観戦に行った時だった。

あの時で三十年以上の時間が過ぎているのに、鮮明によみがえるのだから、人間の身体に刻み込まれた記憶はたいしたものである。

『ベニス』は今はないようだが、今もある店をもう二軒思い出した。

一軒は小港《こみなと》にある食堂で、ここの銀ダラ定食がなかなかだった。

その上主人が炊《た》く白米がまさに銀シャリだった。食堂の主人が新潟出身だったので、米と銀ダラにこだわったのだろう。遠くから来る客もいた。メニューは他にもあったのだが、わざわざ遠くから来る客は〝銀ダラ定食〟が目的だった。

一日で銀ダラを出すのが二十人前くらいだったと思う。それで終りだから、皆早々に店の前にあらわれた。

この銀ダラを狙って来る人々を見ていると、或る種の共通点があった。

基本は、美味いということと、もう一点は安い。廉価《れんか》であったから来ていたのだろうが、男たちにはどこか浮世離れをしているという雰囲気があり、男たちの世界に馴れ馴れしく踏み込むと、厄介なことになる気がした。

〝拒絶〟の姿勢があった。

この男たちを見ていて妄想《もうそう》したものを、のちにひとつの小説にした。デビューして十年目で、この作品をようやく仕上げることができた。『ごろごろ』（講談社刊）である。運もあって文学賞も頂き、私の前期の作品としては何かのきっかけになった気もする。

もう一軒は伊勢佐木町《いせざきちよう》に『鳥伊勢《とりいせ》』という店があり、古い建物に大きなスダレが囲んで、中から鳥を焼く煙りが立っていた。

初めて連れて行ってくれた沖仲仕《おきなかし》の大将が「ここが浜《はま》で一番の焼鳥だ」と教えてくれた。

十年後、私は再び横浜を訪ねた。

建物は少し変わっていたが、味も風情も昔のままで、やはりこの店が浜では一番だと思った。

今で言う、高級焼鳥屋などの類いではなく、まさに大衆のために営み続けた店である。

今はビルになっているが、おそらく味は昔のままだろう。

この店で私が好きだったのは、酒を飲む、酒碗である。利き酒の折によく使われる分厚い陶器で、これで酒を飲むと実に塩梅が良かった。

今もそうだが、横浜は国際貿易港だから、当時から世界各国の料理店があった。今もある北欧料理を出す『スカンディヤ』もそうだった。

韓国料理は焼肉屋と呼ばずほとんどがホルモン屋と呼ばれていた。

しかし何と言っても、横浜は中華街である。

今と違って大きな店は数軒しかなく、大半が二階建てか、平屋だった。

『海員閣《かいいんかく》』は当時からあり、安くて味が良いと評判だった。

船長でなく、海員という店名がいかにも横浜らしい。

私は『徳記《とっき》』という店に通った。

古い店で、戦争中には、逗子の駅前に支店を出していた。その逗子の店に十数年後、私は通うようになり、そこの主人と春の間だけ、のっ込みのチヌ（クロダイ）釣りに出かけた。

伊勢佐木町
「鳥伊勢」酒器

あとは『安記《あんき》』という粥《かゆ》料理が何品も揃った小店にも通っていた。早朝から店は営業していて、沖仲仕をしていたので、深夜の仕事（主にベトナムに運ぶ爆弾の荷揚げ、荷積みだった）を終えて、徹夜明け、海の男たちとこの店で粥を食べた。

『安記』は今も営業していて、時折、寄る。臓物の炒《いた》めたものと〃マメ炒め〃と〃レバ皿〃は絶品だ。

中華街の中には安いホテルもあった。その中の一軒（ホテルを×軒と数えていたのだから、どのホテルもちいさかった）は、ホテルと言っても、部屋には風呂もトイレもなく、ドアではなく襖《ふすま》を開いて出入りする部屋まであった。

深夜、女たちが男との交渉を終えて、身体を張って働いていた。まだ若かったから艶声が襖一枚むこうから聞こえると、コトが終るまで眠れなかった。

中華街には、そこから先は日本人は足を踏み入れない方がイイと忠告される場所があった。

怖いもの見たさはあったが、若者なりに、そこへ足を踏み入れると、生きて帰れない気がした。

今思えば、一度、入ってみるべきだったと残念に思う。

中華街だから、中華料理だけだと思われようが、そうではない。ステーキの店もあれば、ハンバーグやスパゲティーを食わせる店もあったし、コーヒーがなかなかの喫茶店もあった。

今思えば、私の基礎体力は中学、高校、大学と野球部のグラウンドでの日々の練習で培われたものではなく、むしろ学生の身分で社会に出て、日々、働いていた中で、野球の投手の肩のことを、地肩が強いという言い方があるが、本当の意味での〝地の体力〟がついたのではないかと思うことがある。

最近、都会に住む人たちがジムに通ったりサプリメントを身体に入れて、体力をつけようとしているが、ああいうものでついた力には限界があるように思う。いざという時、身体を張って何かを守ったり、厄介な状況を突破せねばならない時、本当に必要な体力と気力は、やはり実践の中で培われるものではなかろうか。

あそこの店の××が美味いとか、どこどこから材料を仕入れているから他と違うとか、△△で獲れた魚だから……というような道楽の味覚の食べ物では、軟弱な体力しかつかないのではないか。

横浜時代、腹を空かして何でも食べ、何でも飲んでいた。湾岸で働く男たちは皆一筋縄ではいかぬ体力があったのだろう。

店を紹介するのに、私が美味いとか、感性が違うと書かないのは、そのあたりの確信があるからかもしれない。

信頼できる喰い道楽

ここしばらく、私のこれまでの半生で、どんな店、酒場で遊んで来たかを書いている。

各店の人から連絡を貰《もら》う。

礼を言われても、こちらは長く顔をのぞけていないから、返答に困ってしまう。

書きはじめて思ったのだが、店のことを書いていて、実は自分の半生のことを書いている気がした。

横浜の本牧、小港の定食屋などはまさにそうで、この飯屋を小説の背景に使っているのを思い出し、何か言い訳や、自分の作品を誉めているようで嫌な感じがする。

年明けだか、年末だかに懐かしい名前が書いてある小包が仙台に届いた。小倉のチャンコ鍋『三隈《みくま》』の女将さんからである。

美味しい果物が届き、店にはもう三十年近く行ってないので恐縮した。

競輪を一番打っていた頃、競輪祭で小倉を訪ねる度に、この店を訪ねた。

おそらく日本で一、二の美味なるチャンコ鍋を出す店である。

オヤジさんはまだ元気なのだろうか？

たしか青葉山か、名横綱、双葉山の部屋で現役を過ごしたオヤジさんが元気に店に立ち、小倉美人の女将さんが表を切り盛りしていた。

ここにはクエのチャンコがあり、クエの刺身も食べさせた。三十数年前で、すでにクエは貴重な魚になっていたが、九州場所の相撲取りの後輩に食べさせたいとオヤジさんも頑張って仕入れていた。

競輪の関係者に教えて貰ったのだが、あれは絶品の鍋だった。

競輪場でさんざん打ち負かされた後でも、笑顔になれたのだからたいした味である。

そう、まだドームがなかった。

女将さん、ご馳走さま。

ふたつのゴルフコンペに参加して疲れてしまい、いろんなスケジュールをキャンセルすることになった。

夜の九時過ぎまで常宿のホテルで横になる日が続いた。

体重も五キロ近く減り、戻る気配がない。

それでも何かを食べなくてはと夜半に出かけた。

その日は焼肉を珍しく食べた。

普段は脂肪分が強いものは口にしないのだが、懸命に食べた。

夜になると、常宿のある御茶ノ水、神保町界隈《かいわい》の飯屋はほとんど仕舞っている。

『三幸園《さんこうえん》』なる焼肉店に出かけたが、なかなか親切でいい店だった。

聞けば同じように夜二時までやっている餃子の中華店があり、そこの姉妹店らしい。こちらの中華は職人が三、四人いて、チャーハンなどを注文すると五分で出て来る。

これがまあまあの味で、近くにある出版社の若者が、夜半の仕事の途中で寄っている。

労務者風の客が多いのもどこか安心できる。

たいがいは上野か天神下の店へ出かける。

鮨屋も何軒かあるが、上野、天神下界隈は下町の風情が残っていてよい。気取りがない。

店へむかうと〝立ちん坊〟の女性が何人も並んで客引きをしているが、なぜか私は一度も声をかけられたことがない。いったい私はどういう人に思われているのか、と彼女たちが私を無視する度に思ってしまう。

まあ、まともな職業には見えないわナ。

松山へもよく出かけた。道後温泉の宿に泊まり、よく打ったものだ。当時は城のすぐそばに競輪場があった。競輪に飽きると、隣りの高校の野球の練習を見たりした。

『大和屋』という豪勢な宿に泊まり、スッテンテンになり、東京から金を持って来てもらったりした。

競輪の本場に行く機会が減ってからも、何度か出かけた。

小説の取材であった。

正岡子規の伝記小説を書くために彼の生家や、夏目漱石と二人で暮らした『愚《ぐ》陀佛庵《だぶつあん》』を見学したりした。

三年余りかかって小説は上梓した。その間、何度か松山へ行った。

私は雑誌やテレビで紹介された店に行くことはない。店はやはり自分で街を、路地を歩いて見つけるのがイイ。

ところが、その時は忙しかったので、昔、俳句の会などで知己を得た太田和彦さんの紹介する店を調べてもらった。

松山市二番町にある『たにた』という店だった。

訪ねてみると、これがなかなかの店で、瀬戸内海の海の幸をまことに丁寧に調理してあった。

取材の折、二度訪ねたが、春も秋もそれなりに満足できた。

太田さんは私が唯一信頼している喰い道楽、飲み道楽である。

時折、深夜に彼が飲み歩いている店での様子がテレビに映るが、なかなか風情があって恰好がよろしい。

一方、今は人気の吉田類という人が〝酒場放浪記〟として飲んでいるのを見かけるが、仙台の家人などは、

「この人なかなか面白いのよ」

と言うのだが、私にはどうもあの黒ずくめの服装と、ハンチング帽子がどこかキナ臭く映る。

本当にイイ人なのよ、と娘からも言われたが、私の好き、嫌いだからどうしよ

うもない。

もしあの姿で、彼が居酒屋で声をかけて来たら、

「近寄るんじゃない」

と言ってしまいそうだ。

〝おんな酒場放浪記〟というものもあるようで、何軒目かで、その女性の目が据わっているのを見て、

——この人の親はどんな思いをしているのだろうか。

と思ってしまった。

四国に一軒、イイＢＡＲがあったのだが、名前を思い出せない。

鎌倉、逗子の店

私は食べ物の美味い、不味《まず》いは口にしないし、書くこともない。口にしても、書くにしても、それがどこか卑しく思えるからだ。どんな名文を書く人でも、こと食べ物の美味い、不味いが書いてあると、どこか品性を欠いているように思える。

ところが小説の中で登場人物が好むというか、楽しみにしている食べ物が書いてあると、

――これは美味そうだ。

と思えるシーン、描写がある。

池波正太郎氏の「剣客商売」「鬼平犯科帳」「梅安シリーズ」などに出て来る鍋や酒の肴は絶妙なタイミングで文中にあらわれるので、愛読者にはたまらないらしい。

もっとも池波氏は喰い道楽の代表なのでいたしかたあるまい。

作家には喰い道楽の人が多い。毎日、机に着いて原稿を書くだけの仕事だから、食べる物が唯一の楽しみになるのはわからぬでもない。

先輩作家が贔屓《ひいき》にしている店は、これは、という店が多い。

阿川弘之氏、平岩弓枝さんの『京味《きょうあじ》』などはその代表だろう。

色川武大さん（阿佐田哲也）の食べ物好きも有名である。一緒に競輪場のある街を旅して、

――こんなに食べる物にこだわり、なおかつ、そういう店に必ず辿り着いてしまうんだから、スゴイ。

と感心した。

たしかに何年も前を覚えている記憶力もたいしたものだが、この頃、私が思うに、あれは味覚の記憶なのだろう。

身体が覚えているんだから、そりゃ忘れるはずがないが、思い返すと、少し卑しいんじゃないかと思わないでもない。

麻雀が終って、夜半、二人で六本木の『中國飯店《ちゆうごくはんてん》』に蟹が出る季節、上海蟹を食べに店に寄ったが、胸元からナプキンをかけ、蟹が出て来るのを待つ姿は、ほとんど喰意地の張った子供と同じだった。

さて話を、私の半生の中の店に戻して、横浜での沖仲仕、ドライバー、通訳をしていた時代から、私は東京・赤坂でサラリーマン生活を送った。

この時代は特別何かこだわるような店へ通った記憶はない。

薄給のサラリーマンであったのだから当然だろう。

最初の会社を上司と衝突し、クビになるのだが、そこからフリーで働きはじめた。二十歳の前半でフリーだからただ夜中まで働いていた。

やがて少しずつ仕事が増えても、腹が満たされればそれでよかったから、特別な店もない。

私に言わせれば、そんな若い時から、どこそこの何が喰いたい、と思う方がおかしい。

この頃《ごろ》、通う店で一人でやっていて隣り合わせた若者が、はじめから終りまで、どこそこの××が美味いとか、おい、あそこの○○を食べたかと延々話しているのを耳にすると、

――こいつらどう生きてもロクな仕事にめぐり逢わんだろうナ。

と思ってしまう。

ただ私のこの意見は、意外とそうでもなくて、喰意地が張っていたり、こだわ

りを持っている若者の方が見処があるという意見もあるらしい。

私はそう思わないのだが……。

コマーシャルの演出をするようになって、海外のロケ地を探す旅が増えた。そんな時、栄養も付けがてら、現地のコーディネーターが連れて行ってくれる店は、ロスアンゼルス、フランス、イギリス、香港などはそれなりの店だったように思う。

やがて私は逗子のホテルに一人で暮らすようになった。『逗子なぎさホテル』だが、昼はもっぱら従業員が食べる賄い料理を食べていた。それで十分だった。

時折、ネエちゃんが遊びに来ると、葉山の『日影茶屋《ひかげちゃや》』や『ラ・マーレ』とかにも出かけた。

当時は車を運転していたから、鎌倉、茅ケ崎方面にも出かけた。

地元の逗子では駅前に『徳記』という横浜、中華街から暖簾《のれん》分けした店があり、なかなかの店だった。そこの若主人と春先、チヌ釣りに出かけた。今はもう店もないらしい。

七里ヶ浜にあるイタリア料理の小綺麗な店でスパゲティーをよく食べたが店の名前は失念した。

そうこうしているうちに鎌倉の店にも顔を出すようになり、その中のひとつが由比ヶ浜通りにある『小花《こはな》寿司』だった。

ご主人に可愛がってもらい、仲人までしてもらうようになるのだが、この店で鮨のことを覚えた。

銀座に同じ名の『小花寿司』があり、そこへも主人に連れて行ってもらった。今は足をむけることは年に一度くらいしかなくなったが、若い時代に遊びで書いた万年筆の文まで飾ってあって、見る度に恥ずかしい思いがする。

鎌倉の駅裏から線路沿いを歩いたところにちいさな焼鳥屋があり、そこの主人にもずいぶんと世話になった。娘さんが、私の事務所で働いてくれていた時期もあった。

『鳥繁』か『鳥茂』いや『鳥しげ』かもしれないが、当時の主人の年齢から察すると、もう店はあるまい。

逗子から鎌倉に引っ越し、家族が病いを患い、別離を迎えて、私は仕事を休み、朝から晩まで酒とギャンブルの日々になり、一時は生家のある山口に戻り、後輩の野球の練習を手伝ったりした。

やがて私は競輪の旅へ出はじめるようになる。

この旅が、全国各地でいまだにつき合いのある店との出逢いとなった。

まずは大阪である。

一人の競輪記者のH記者と知り合い、毎晩飲んだくれた。その主戦場が、大阪・福島の聖天《しょうてん》通りにある『すえひろ』であった。

シュウちゃんという競馬好きの主人とH記者と、店の自慢のおでんを食べ、なぜかギャンブル好きの水道屋や肉屋が持って来るものを店で料理をしてもらって、へべれけになっていた。

こんな店で飲んで来た（大阪編）

大阪・福島にある〝聖天通り〟という通りは、古くからある通りで、江戸時代にはきちんとした通りの名称と店々の名前が古文書に記載されているほどだ。だから私とH記者が通った『すえひろ』も祖先は大目付《おおめつけ》とか家老の家柄ではなかったのだろうか（そんなことはないか）。

古くからある通りだから、江戸時代から庶民が暮らして行くのに必要な店はほとんどある。

私は二日酔いがひどい時は、まだ暖簾を上げていない『すえひろ』に荷物を置き、銭湯へ行って熱いお湯に入って汗を流した。途中、誰かに挨拶され、やあどうも、なんて応えていると、銭湯から戻った頃には、『すえひろ』の主人から、

「伊集院さんの顔を見たから、今夜はそっちで一杯やるんだろう。俺も肉持って行くわ」

と肉屋の主人が言ってたとか、水道屋のオヤジも顔を見に行くからと連絡があ

ったとか、聞かされた。

ぞろぞろ常連が顔を揃えはじめると、明日の競輪の予想に追われているH記者から、あと一時間で行くわ、と電話が入って来る。

やがてH記者も揃うと、競艇の記者、競馬の記者、オートの記者、将棋、囲碁の記者までがやって来て、店の中は大賑わいになる。

話題は自然とギャンブルの話になり、やれ、この間、大穴馬券を取ったとか、惜しいところでレンガ（百万円の札束のこと）を逃がしたとか、楽しい夜が延々と続く。用意したおでんもステーキも大方平らげて、あとは飲むだけになる。

怒り出して言い合うのもいれば、泣いているのも、笑いっ放しもいるしでともかく天国のような店だった。

あの頃は店をハシゴすることがなかった。腹を据えて飲んでいたのだろう。

向日町《むこうまち》競輪場の近くの居酒屋でH記者が何かの拍子に隣り客と諍《いさか》いになり、頭に来たH記者が立ち上がりざま目の前のビール瓶を割って、

「かかって来んかい」

と怒鳴った時は迫力があった。

「コラコラ健チャン（H記者のこと）そんなもんを持って喧嘩しちゃイカンよ。

それは預っとくよ」

とビール瓶を奪うと、相手がH記者の顔面にストレートを出し、H記者が三メートルくらい吹っ飛んでしまった。

――あれまあ、お見事！

聞けば相手は元ボクサーと言う。

――オイオイそれを先に言わんか。

と私が立ち上がると、店の壁ですっかりノビてると思ったH記者が、

「ええストレートや。おもろいやないかい！」

と立ち上がって突進した。

私もH記者も数人の相手にしこたま殴られたが、最後は笑って飲み直した。

――イイ時代であった。

大阪で通った店は何軒かあるが、デザイナーの長友啓典《けいすけ》氏に連れて行ってもらった店は、どこもなかなかだった。

大阪は、美味しくて安い、が基本である。いくら美味しくても、高い値段を取る店は、名店とは言わない。

その店のひとつに、黒門市場の入口に夕刻から屋台を組み立てて店を構える鮨

屋があった。

〝黒門のよだれ寿司〟と皆呼んでいた。屋台であるから看板などない。

〝よだれ寿司〟という名前は、よだれが出るほどの鮨を出すということらしかった。

六、七人座れば一杯である。

初めて訪ねた客は少し驚く。店の隅にきちんとした電信柱があるからだ。

「これインテリアですか？」

と東京からの客が訊くと、

「そうだす」

と主人は平然と応える。

味はなかなかで、一等の部類に入れてもおかしくなかった。

この店はまた近くの銭湯に入ってから顔を覗かすと、

「おや、伊さん、ええ男になったやないか」

と主人が笑った。

主人の口癖に、〝年寄り笑うな、行く道じゃ。若衆怒るな、来た道じゃ〟というのがあって、

「伊さん、わて若い頃、銭湯へ行くと年寄りが湯船のそばで手を上げて体操しよんねん。何や、男がみっともないと思うてたんや。ところが今は自分が体操してんねん」

「ハッハハ」

おそらく三十五年近く前で、銭湯で体操をはじめていたのだから、主人はすでに世にはいまい。

あれは浪花《なにわ》の最後の屋台の鮨屋だったのかもしれない。

大阪を訪ねる機会が少なくなったが、それでも大阪へ行けば何軒かの店に行く。今はどこも煙草を吸わせないので苦労するが、それでもそういう店を見つけて通う。

全日空ホテルの近くの『かが万《まん》』は鍋もイイが、やはりカウンターで食べるお好み料理が風情がある。

――これが大阪の調理人だ。

という構えも、味もよろしい。

『遊亀《ゆうき》』というミナミにある店も一人で立ち寄る。一見で入って見つけた店だが、主人が若くて（もう若くはなかろうが）、ふぐのてっさも、酒の肴も良かった。第一値段が手頃であったが今は閉めてしまったようだ。

ふぐと言えば、少し足を伸ばしたアマ（尼崎のこと）にあるふぐ屋の『おお矢《や》』はふぐもイイが白菜がこんな味なのかと驚かされた。最寄りの駅は塚口駅だったろう。夏はおこぜを見事に引いて食べさせる。

大阪で飯を食べれば、美人バーの『チルドレン』に顔を出し、最後は北堀江病院の近くのバー『フライ』で一杯やって、あとは寝るだけである。

良いバーは大阪には多いが、私には『フライ』だけで十分である。

こんな店で飲んで来た（京都編）

H記者と競輪と酒の日々を送っていた時代は、この店の喰いものが、美味い、不味いというようなことで店を選ぶことはなかった。

そういうことを口にする男は軟弱に思われていた気がする。

しかし色川武大先生こと阿佐田哲也さんと旅へ行きはじめると、先生の喰いしん坊癖もあって、一緒に店に入り、

「ここのトンカツがイイんだよ」

なんて言われて口にしてみると、これがなかなかで、大人の男でもこういうふうにしていいのか、と思ったが、一人旅になると、やはり腹が満たされれば、それでいいという感覚は抜けなかった。

色川先生が亡くなる前後に、長友啓典氏という、これが見事なほどの味通、酒通、遊び通の先輩に知り合ってから、この人の出身が大阪ということもあって、大阪の店へ何軒か連れて行ってもらった。

その一軒におでん屋があり、ちょくちょく顔を出していたら、東京へ店を出すというので、今も東京で通っている。残念ながらオヤジは亡くなったが、弟子と言うか、戦士と言うか、残った若衆で何とかやっている。

銀座で『四季《しき》のおでん』という。

おでんは関西風である。一品一品を小皿で出す。クジラのコロもあってなかなかである。牛肉はちいさくバラしたのを甘く煮て、豆腐かなんかと合わせると腹の足しになる。

この店には長友さんと私で描いた色紙と言うか、絵・文字がある。

その折、お礼をとオヤジが言うので、二人で顔を見合わせ、指を一本立てた。

オヤジは、

「十万円ですか？」

と訊くので、

「まあ片手でええわ」

と二人してうなずき、

「片手と言うと？」

と主人が私たちを見るので、

と手をひろげる。若衆は、片手なら、

「五〇〇万円や」

と笑ったのを覚えている。

今でも、これを欲しいという客がいるらしく、値段を告げると皆目を丸くするらしい。

そうして私が生まれ育った瀬戸内沿いではおでんのことを〝関東炊き〟と言っていた。汁も醬油のように濃く、静岡のおでんほどではないが、よく煮込んだものだった。それが関西風だと、青物などは食材の味覚がそのまま残るようにして出す。春菊や三つ葉などはその方がいいようだ。但しフキやゼンマイはそういうわけにはいかない。

大阪は洋食もなかなかの土地である。

一度しか訪ねてないが、ビーフシチューが売り物の『乃呂《のろ》』という店はこぢんまりしていて、いかにも街の洋食屋さん風で良かった。

マスターがゴルフのマスターズ（別にシャレではありません）に何度か行ってそこで招待客に料理を出したようで、ゴルフの本が店の棚に数冊あり、その中に私の本があったのに驚いた。

三、四十年前には、どこの街にもきちんとした洋食屋があった。

『アラスカ』という名前などの、きちんとした老舗で修業したコックさんが田舎に帰って店を出すのが、ひとつのパターンで、田舎の人はこの手の店でステーキを初めて口にし、ナイフ、フォークの使い方を覚えた。

関西にいる時は、いっとき京都に住んでいたから、夜は京都の街に出ることが多かった。

祇園、先斗町《ぽんとちょう》のお茶屋は一見は入れないので、ここで紹介はしないが、小店はずいぶんと通った。

祇園、切り通しの『おいと』は週に一度くらいカウンターの隅で飲んでいた。店が決めた料理をひととおり出し、最後におでんをすすめるが、コースの料理を食べ過ぎると、おでんまでたどりつけない。

どれも絶品であるが、こうして書いていて、紹介がいる店であった気がしたので、敷居の高さから見て、読者にはどうかと思う。それに考えてみると、一度も支払いをしたことがない。すべて〝送り〟だったので値段がわからない（無責任な原稿で申し訳ない）。

無責任ついでに書かせてもらえれば、私はこの店の主人に、店に活けてある茶花、掛けもので、京都の大半を教わった。

茶花だけで百種類近くを酔った目で眺め、三年間、四季を三度巡ることで覚えることができた。それは花器もともに覚えることで、陶器を学ぶことができた。

掛けもの、絵画、書で言えば、熊谷守一《くまがいもりかず》、中川一政《なかがわかずまさ》などである。

しかし肝心は、京都には〝奥のまた奥〟があることを知ったのが何より役に立った。

先斗町にある小料理屋の『余志屋《よしや》』は私が通っていた頃は若旦那のそばに職人が一人居て、若旦那が懸命に修業していた。

それが十年振りに行くと、立派になって店も繁昌しているのに驚いたことがあった。

騎手の武豊《たけゆたか》さんと二人して時折出かけた。カウンターに十人余りが座れて、ちいさな上がり座敷に四人くらいが座れて、鍋なんぞをつついていた。競輪帰りによく寄った。

関西と言えばうどんである。

京都、南座の真ん前にある『やぐ羅《ら》』のきつねうどん、にしんそばを二日酔いの頭で食べに行った。この店を出て、裏手にある喫茶店『ナカタニ』のレイコー

（アイスコーヒーのことを関西ではこう呼ぶ。冷珈琲の略だろうか）を飲みながら、競馬好きのマスターと話すのが日課だった。

祇園、先斗町界隈が主に出かけた場所なのだが（少し事情もあって）夜は一人でバーへ出かけた。

バーは『祇園《ぎおん》サンボア』へよく顔を覗けた。オカアサン（女将さんのこと）とボン（息子さんのこと）の三人でよく飲んだものだ。

京都はまだ通った店があるのでまた書こう。

京都「やぐ羅」
にしんそば

関西から関東はあっても

関西の店の思い出の続きを書く前にふれておくと、関東と関西の食についてさまざまなことを書いているのを目にするが、今から三十～四十年前は、食は圧倒的に関西のものだった。

関東が関西にまさるものは、鮨、鰻と天ぷら、あとは洋食くらいのものだった。それが今は関東の方が何もかも上のように言う人がある。それはそれで事実だろうが、元々大半の関西の職人、料理人は東京を中心とした関東者に食の味などわかるはずがないと思っていた。

それが今日のようになったのは、昭和の三十年代のなかばで、その原因は関西に本社があった企業がどんどん関東に進出し、本社及びそれと同格のオフィスを持ち、そこでの商談が主力になったからである。

当然、商談のあとは宴会になる。関西の味を覚えている経営者たちは、

――ちいさい店でいいから東京に店を出してくれ。

と要望した。

それに乗って最初に銀座に入ったのが京料理の『治作《じさく》』である。

その上、厨房が見えるカウンターも置き、物珍しさに味もなかなかでたちまち人気店になった。

そのような流れが、やがて関西で修業し、東京で店を構える動きになった。『吉兆《きっちょう》』『瓢亭《ひょうてい》』などの老舗も店を出した。

その中で一番の評判は、新橋の『京味』であった（二〇一九年閉店）。

主人は京都の『たん熊《くま》』で花板をした職人だったから、これは客が喜んだ。私も、時折、北野武さんに招かれて行ったが、私には少し敷居が高かった。

では関東から関西に移ったという逆のケースはあるか。

これがことごとく失敗している。

思うに、関西人の方が味と値段にうるさいし、どこかでお江戸をバカにしているのかもしれない。

京都に住んでいた三年余りで、私はさまざまなことを学んだ気がする。

一番は、この古都が何たるものなのか？　その肌ざわりを少しわかった気もする。

京都人に言わせれば、

「あんたはん、三年そこいらで、この京都がわかりますかいな。ここは千年続いとる都だっせ」

ということになるのだが、それでも三年という歳月は何かが見えるものだ。

以前の京都の話でこう書いた。

「京都には奥がある言いますやろ。けどほんまは、その奥に、また奥がありますんや」

これは京都人がよく口にする言葉である。

最初はその言葉を聞いていて、何をもったいぶってんだと思ったが、やはり京都には、奥の、そのまた奥があるらしいとわかった。

それは京都の住いを見ていて思うのだが、表から眺めた家屋と、実際に中に入って見た住いはまるで違うことがわかる。

そうして何度か、その家を訪ねて行くうちに、この家にはこんな面があったのかとようやく気付くことが度々あった。

京都人はなかなか本音を口にしないと言う。これもあながち間違っていない。

彼等は表面上で挨拶をしている時は、男も女もあのとおりのやわらかい物腰とはんなりとして聞こえる京都弁から伝わって来る印象は、まことにソフトである。しかしソフト、やわらかいだけで京都人は千年も、この都で生きながらえるわけがない。

「伊集院さん、京都の町家の人はどうして皆、あんなに長い間、商いを続けられたのですか？」

と訊かれ、私見だがこう返答したことがある。

「応仁の乱を知ってるでしょう？　あの百年以上続いた長い戦さの間、町家の連中は皆四方の山へ逃げるんですよ。そうして田舎から出て来た侍たちが殺し合いをしているのをじっと眺めているんです。気分としては、〝ご苦労なこっちゃなあ～〟という感じで。そうして侍が疲れ果てて動けなくなると、のこのこ山から降りて来て、また商いをはじめるんですよ。つまり京都人は合理的なんですよ。そこが他の土地の人間と違ってるんです」

大きく外れずとも大半は当たっているはずだ。

さてこの合理性が癖者なのである。この合理性の源泉になっているのは徹底した個人主義なのである。

——どこかの街の人間に似ていないか？

そう近代以降のフランス人に、パリの人々に似ている。パリもフランス革命以来、何度も戦場となった。

しかしパリの人々は戦争の間はじっとしていたのである。

フランス革命はパリの人々が？

それは違う。ほとんどが田舎からやって来た人々である。

そうでなければ、フランスの国歌のタイトル（『ラ・マルセイエーズ』）が他の街のタイトルにはならんでしょうが。

ふたつのみやこびとに共通しているのは、どんなことがあろうと自分たちだけは生き抜く、という精神である。

合理性、個人主義のバックボーンはそこにある。

そうしてひとつの象徴として、パリを中心としたフランス料理と、京都を中心とした京料理が完成したのである。

京都は古い伝統を守っているかのように思えるが、それは違う。

合理性と書いたが、京都人ほど新しいもの、モダンなもの、異国にあるものを積極的に受け入れて来た街も珍しい。

その根拠に二十年近く前から、若い人たちが新しい京料理の店を次から次にオープンし、その店がそこそこ支持されている。

観光客だけが来る店ではない。京都人、関西圏に住む人が、新しいものを喜んで受け入れている。

私は京都は二十年近く行ってないので、そういう若い職人の店の名前を紹介できないが、新しい店だと言ってあなどらない方がイイ。むしろそういう店が狙い目のように思う。

京都だから、京料理というのは観光客と同じで間違っている。

たとえば肉料理。肉の本場は関西である。焼肉なら大阪の鶴橋界隈が有名なように、私が住んでいた時代にもなかなかの肉を食べさせる店があった。

焼肉なら、修学院の近くに『はつだ』という店があり、店へ行って食べてもうなずけるが、ここのお土産品の〝ロース肉の焼肉弁当〟は私の好物だった。こんな弁当があるのかと感心した。

鴨川にかかる荒神橋の袂《たもと》にあった『なり田屋《たや》』はなかなかの主人で、あの頃はまだ少なかった牛肉のさまざまな部位を出してくれた。

私が初めて、牛肉がこんなにいろんな味がするのを知ったのも、この主人を通してだった。私より少し歳が上だったように思うが、今も元気なのだろうか。

いっとき東京で関西から出店したステーキハウスが人気になった。

そのひとつに『ゆたか』がある。

祇園の路地の二階にあり、近くに巽橋《たつみばし》がかかり、琵琶湖の疏水のせせらぎを聞きながら肉に舌鼓を打った。その『ゆたか』から出た店で『二教《にきょう》』という店があり、この両店のステーキサンドが、当時人気であった。『二教』は今でも時折、案内をもらうがマスターは息災でいるのだろうか。

京都で鮨と言うと、首をかしげる東京人もいようが、そんなことはない。私は祇園の『惺々《しょうじょう》』に通った。

『惺々』の主人は、私の人生の師でもあった。

「おまえ、連絡を何度もしいへんでええで。便りがないのが元気な証拠言うやろう。連絡がなければ、俺の中でおまえはずっと生きとんねん」

なかなかの科白《せりふ》である。

京都をぽつぽつ思い出して

先週から、私は京都の新聞でなんと時代小説の連載をはじめた。しかも〝忠臣蔵〟である。

そこで前回紹介した『惺々』のオヤジさんに連絡をしておかねばと十数年振りに電話をすると、息子さんの代に店は替わっていて、オヤジさんは十年前に引退したと言う。女将さんも電話に出て懐かしかった。

オヤジさんには本当に世話になった。まだ初めての小説が出た頃で、海のものとも山のものともわからぬ青二才に、

「おまえさんは大丈夫。わしが保証したる。好きなように書いて行けばそれでええのんや」

と頼もしいことをいつも言ってくれた。

――そうか、七十五歳になるのか。そりゃ十分働いたということだろう。

京都の住いが白川通り沿いの浄土寺というところだったので、銀閣寺、哲学の

道が近かった。

銀閣寺のそばに『おめん』といううどん屋というか付け麺を昔から出す店がある。有名だから皆知っているだろう。

四十五年前に訪ねた。あの頃、具材を皿に盛って、汁の中に具材と皿に乗った麺を付けて食べさせる店はほとんどなかったのでよく覚えている。

この『おめん』はニューヨークにもあり（今は知らないが）、ヤンキースの松井秀喜さんが現役の時代に招待してくれた。

白川通りをはさんで銀閣寺と反対側へ丸太通りを進むと、なかなかの長崎チャンポンの『まつお』というのがあったように思う。

ここも時々、昼飯を食べに出かけたことがある。

銀閣寺の周辺には湯豆腐を食べさせる店が何軒かあったが一度も行ってない。

その周辺で一番大きな屋敷が日本画家の橋本関雪《はしもとかんせつ》の家で、記念館になっていた。

作家の井伏鱒二《いぶせますじ》がまだ田舎青年であった頃、井伏は画家になることを目指していた。

それで彼は自分の描いた絵を橋本関雪に見てもらおうと広島から一人で、この屋敷に行ったと言う。

当時すでに関西画壇の重鎮であった大先生に、広島の学生が絵を見せに行ったのだから、井伏もたいした度胸である。

少年の絵を見た大先生は「君は他のことを目指しなさい」と言ったらしい。そのお陰で私たちは『山椒魚《さんしょううお》』も『黒い雨』も読むことができるのだから、人の行く道はどこでどうなるのかわからない。

今、祇園にあった焼鳥屋の名前を思い出した。『鳥しげ』か『鳥茂』だったと思う。なぜ思い出したかと言うと、『惺々』の女将さんとその焼鳥屋の女将さんが姉妹だった。

記憶というのは妙なものだ。

高瀬川沿いにあるバーで『飛鳥《あすか》』というちいさな店があった。カウンターに腰掛けているとせせらぎの音が聞こえて風情があった。一人でよく出かけた。

先斗町に一軒、時々行くバーがあったが名前が出て来ない。『青木《あおき》』というバーのバーテンダーがえらく競輪好きで、彼に教えられた。

七条になかなかの鰻の雑炊を食べさせる店があった。『わらじや』と言って、店の前に大きな草鞋《わらじ》が吊してあった。二メートルくらいの大きさで、ジャイアント馬場でも履けやしないと思ったから、もう四十年近く前に行ったのだろう。

あとはスッポンなら『大市《だいいち》』で風邪を引いている時に食べると不思議に元気になり、快復した。

銀座はたいした街らしい

数ヶ月前から、自分がどういう飲み屋、飯屋で時間を過ごしてきたかを書いているのだが、この連載は、自分がどんなふうに生きて来たかを書いていることがわかった。

前回、京都のそういう店を書いた時、そう言えば、ああいうことがあったとか、こういうことがあったとか、さまざまなことが思い出されるのに気付いた。

京都のことで言えば、武豊騎手と出逢うきっかけをこしらえてくれた人が、京都でも古い料亭のドラ息子の遊び人だった。

ドラ息子と書いたが、私よりは年長者であった。

鴨川沿いを先斗町と逆方向に歩くと、そこは西石垣通と言う古い路地で料亭『ちもと』があり、その並びに『銀水《ぎんすい》』はあった。

賑やかな店で、競馬の騎手も、競輪選手も、はじまったばかりのJリーグのサッカー選手も来ていた。

では何がなかなかの店かと言うと、これが特別何もなかったのだが、よく京都の時代に出かけた。

〝銀パパ〟という、そのドラ息子の遊び人にはずいぶんと世話になった。

気さくで、男前で、何よりきっぷが良かった。

まだ生きていらっしゃるのかしらと、懐かしい思いである。

来月に、ひさしぶりに、この連載をまとめた本が出版される。

タイトルは『一度きりの人生だから』と言うらしい。

私は一度きりの人生だから、と言う発想はしたことがないのだが、担当のS君と、もうすぐ復帰するH君が懸命に仕事をしてくれて、第二弾の出版にいたった。

暇と、銭があったら、ぜひ読んで欲しい。

さて、ぐうたら作家がこれまで立ち寄って来た店も、そろそろ最終章になる。

関東である。東京である。

東京で最初に行った店は、高校生の時で、田舎の青二才が東京見物がてら上京した。その折、新橋の料亭に、すでに上京していた姉に連れられて行った。

これが『金田中《かねたなか》』という料亭であった。

二十数年後、この料亭に、私は作家として、K談社の小説の文学新人賞の選考委員を務めるため再び訪ねるのだが、最初に姉と行った時は、東京で一番大きな広告代理店の電通の部長か何かに連れて行かれた。

そこで私は料理がすべて出た後に飯を七杯食べたらしい。

その料亭での食事の後に、銀座へくり出したらしいのだが、その辺りの記憶がないのは、高校生の分際でしこたま酒を飲んだかららしい。

『金田中』は今でも世話になっていて、時折出かける。

料理もなかなかだが、地元、新橋の芸妓たちが側で世話してくれるのがイイ。

今でも、時折、海外から客を迎える折は、この店へ連れて行く。

大半の客は喜ぶ。

難点は金がかかる点だが、料亭が安かったら、そりゃ、文化が廃《すた》れるというものである。

読者の皆さんにこの料亭をすすめるわけにもいかないが、何かの拍子に大尽になるほど金が入ったら、『金田中』で、一万円札を耳にさして、大散財をなさることをすすめる。

東京の料亭で言うと、今は直木賞の選考会でしか行くことがない『新喜楽《しんきらく》』という店が築地にある。

直木賞が二階で、芥川賞が一階の広間でそれぞれの選考をする。

昔から、政、財界の重鎮が贔屓にしていた店である。

あの横山大観がこよなくこの店を愛していたらしく、彼の書いた『新喜楽』の文字は今でもマッチに使われている。

この店も、今回の東京オリンピックを前に禁煙にしなくてはイケナイらしく、昨年から選考会での喫煙が禁止になった。

バカな話である。

今の東京都知事は、歴代の中でも一、二を争うお粗末な人間だが、あの知事が平然と禁煙を当たり前のように口にしている様子を見て、カイロ大学を首席で卒業したとか、嘘八百でよくここまで生きて来られたものだと驚く。

それで再選をしようと言うのだから呆れる。この再選を二階俊博が応援するような発言をしたというのだから、二階はすでに大衆の判断ができないのか、と首をひねった。

大阪の入れ替え選挙はもっともな発言であったから、小池支持らしき発言も、よくよく考えれば、自民が早く対抗候補を出せと、暗に発言しているのかもしれない。

しかしこういうかけ引きは見ていてあまり良い気がしない。

以前、赤坂に『口悦《こうえつ》』という料亭があり、句会で一緒だった俳優の渡辺文雄が関る店だった。

そこで働いていた職人の二人が銀座で『伊《い》とう』(現在の店名は『いしい』)という店をやっている。

毎年、ここで若手の編集者を集めて納会をやる。

店の特長と言われても困るが、〝瓶もの〟は美味い。

――瓶ものとは何ですか?

瓶ものとは、ビールで言えば瓶に詰めてあるものである。日本酒もウイスキーも焼酎もしかりである。

十数人入れば満杯の店だが、何を食べてもなかなかである。

今は、私はほとんど銀座しか行かないが、最初は銀座が何たるかも知らなかった。

銀座に最初に連れて行かれたのは大学の野球部のマネージャーと聖路加病院に

六大学野球のチケットを買ってもらうために出かけた時だった。

その帰り道、三原橋の地下にあった映画とエロい小芝居を合わせて興行する館があり、それを見た後、今の『吉野家』の牛丼を新橋で食べさせてもらった。

その折、銀座を歩きながらマネージャーに、

「ここが銀座だ。夜はたいしたものらしい」と言われた。

そのたいしたところに毎晩行くようになるとは思わなかった。

担保はそのレースでどうだ？

東京で落ち着きはじめたのがいつの頃からかはっきりと思い出せないが、いっとき麻布のアパートに住んでいた時期があった。

六畳一間にちいさな台所と、棺桶のような風呂が付いていた。

モルタル造りの二階建ての古いアパートで、たしか家賃が四、五万円だった。

なぜそんなに安いかというと、外見も部屋もガタガタでいつ崩れてもおかしくないオンボロアパートだったからだ。丁度、日本はバブルの真っ盛りだった。

なぜバブルであったことを覚えているかと言うと、アパートの近くにある酒場で、金貸しを紹介され、

「競輪の資金を融通しますよ。あなたなら三億まで貸してもイイ」

といきなり言われた。

「本当かね？　丁度、もうすぐ大きな大会があるので助かるナ」

と答えると、

「担保はありますか?」

と言う。

「そんなものがあるわけないだろう。そうだな。担保はそのレースってのはどうだ?」

「そんなもんは担保になりません」

話はそれで終ったが、その頃、そのくらいの金なら勝ち切れると思っていたのだから、ぐうたら作家は頭がおかしかったのである。

その頃、のちに家人との仲人までやってもらうデザイナーのトモさんこと長友啓典氏と知り合い、アパートを見せると、

「あんたホンマにここに住んでんのかい? 冗談やなくてかいナ」

と呆れられ、

「けどええ感じじゃないか。これこそギャンブラーの住いや」

と最後は喜ばれる始末だった。

住人も皆訳ありの者が多く、右隣りがオカマのアフリカ系のホステスで、左隣りが喘息《ぜんそく》持ちのセールスマンだった。

夜半、壁越しに咳が止まらない彼が小一時間戦った後、ようやく咳がおさまる

と、彼は大きくタメ息を付いた。そのタメ息がまるですぐそばにいるように聞こえたのだから、どれだけ壁が薄かったのだろうか。

部屋にあるのはセンベイ蒲団だけで、テレビも、ラジオも、電話もなかった（まだ携帯電話が世の中に出ていなかった）。

或る冬の日、銀座の一流クラブのママとホステスが私の部屋に寄ったが誰一人コートを脱がなかった。

暖房がなく、部屋が外より寒かったのである。

井上陽水さんが遊びに来て、

「あんた、これジョークでしょう？」

と窓の外を見たことがあった。

思えば、ギャンブルと酒に明け暮れていたのだから住いなどどうでもよかったのだろう。

数年前、アパートのあった場所を車で通ったが、アパートは跡形もなく失せ、マンションが建っていた。

では、あの頃はどんな店へ通っていたのだろうか。

酒場は六本木に『インゴ』という店があった。

オカマが二人でやってる店で、いろんな男たちがやって来ていた。トモさんとも、ほとんどその店で待ち合わせて、六本木近辺で食事をしてから、

「ほな、そろそろナカ（銀座のこと）へ行こうか」

と言って出かけた。

毎晩、一年の内の三〇〇日余りをトモさんと二人で出かけていた。

高級焼鳥屋というのが六本木にあった。『鳥長《とりちよう》』という店で、今は亡くなった旦那さんのあとを女将さんと息子が継いでやっている。

鮨は『宇廼丸《うのまる》』という店が坂道沿いにあった。

歌舞伎役者（若手じゃありませんよ）が来ていた洒落た店だった。担当のS君に調べてもらったら、赤坂に移転したのでは、というので電話をしたら、同名の違う鮨屋だった。

あの頃でかなりの歳だったから、もうあっちへ行ってるのかもしれない。鮨もなかなかだったが、きっぷが良かった。

中華は、あの頃まだテレビ朝日が材木町にあった時代で、その角に古くから『中國飯店』があった。

上海蟹が揚がる季節は店が賑わっていた。

今は新一ノ橋に『富麗華《ふれいか》』という高級な料理店を出店し、東京でも一、二の店になったが、あの頃は芝と六本木に二店舗だけを構え、夜中の三時、四時まで営業していた。

麻雀が終った後、阿佐田哲也さんと二人してよく行った。

そこで長く勤めていた女性が数年前に銀座で中華料理店を出した。

最初の一年はともかく客が来ないで大変だったが、

「もう少し、もう少し我慢をしなさい」

と応援していたら、今は予約も取りにくい名店になった。

『莉苑《りえん》』という。

銀座という街の特徴だが、それまで閑古鳥が鳴いていた店が、何名かの遊び人が、ここはと言いはじめるとたちどころに連日連夜、満杯になる。銀座の凄味のひとつだ。

六本木でトモさんとよく通った店に、鯛めし屋の『与太呂《よたろ》』があった。

この店はトモさんと二人でマッチに絵と文字を書いた。

〝花と鯛〟である。

〝花と龍〟のもじりだが、ずっと使っていた。

息子が京都の『和久傳《わくでん》』で修業をして戻り、ハス（蓮根）を調理して水菓子をこしらえる。〝蓮は穴が命〟だからと〝穴〟と言う文字をわけて〝う八〟という名前をこしらえて送ったらたいそう喜ばれた。

昔から残っていた貴重な店の一軒である。

飲み屋は、四谷にあった『ホワイト』が六本木に移り、よく出かけた。四谷の前、ママのミーコは材木町の店に常連として通っていた。

その材木町でカウンターのむこうにいた客がいきなり醤油の瓶を投げて来て大立ち回りになり、店が半分壊れたことがあった。

どうやって弁償したのだろうか。

ボロアパートと上野、浅草界隈

麻布のボロアパートは銀座でも有名になった。毎夜、六本木、銀座で遊んでいる男の中で、あんなボロアパートに住んでいる人は見たことがないと評判になって、次から次にホステスさんが見物に来た。

「えっ！　嘘！　本当にこんなアパートに住んでいるんだ。信じられない」――オイオイ少し口のきき方に気をつけなさい。

ともかく暖房も、冷房もないので冬だとホステス全員がコートを脱がないし、夏だと五分もしないうちに出て行く。

「テレビもラジオもないの？」

「あれ、電話もないんだ」

見るに見かねて、銀座のバーのマダムが古い扇風機をくれた。

これが首を振る機能が壊れており、寝ている時に首を振ると、小動物の悲鳴に似た音を出すので、犬猫が虐待されていて、救い出そうとする夢を何度も見た。

たまに仕事をする時、机がなくてはと、四谷の『纏寿司《まとい》』の大将が小学校の時に使っていたという手造りの机を持って来てくれた。

それ以外は煎餅《せんべい》蒲団があるきりでガランとしていた。

毎日、起きると二日酔いで、割れそうな頭をかかえて、風呂場へ行き湯を沸かすのだが、このホーローの棺桶のような風呂が着火が悪く、何度も発火のボタンを押すのだが、ガスも一緒に洩れ出て、最後には爆発してしまうんじゃないかと、毎朝命懸けで風呂に入っていた。

当時、二日酔いの解消法はともかく汗を掻くことであった。熱い風呂に入ってカチ割り氷の入った水を飲み続ける。そして裸同然で外へ出て蕎麦屋に、卵とじ蕎麦とカレーライスを注文する。これを日赤商店街にあった『長寿庵《ちようじゆあん》』が持って来るのだが、私は風呂にどっぷり入っているので風呂の窓を開けて、そのまま風呂のフタの上に載せてくれた。数時間経つと下痢がはじまり、アルコール分が一緒に流れ出し、しばらく倒れ込むようにして休むと、外は陽が落ち、外の公衆電話が鳴りはじめトモさんから電話が入る。

「ほなぼちぼち飲みに行こか」

毎日、こんなふうに生きていたのだから、小説どころじゃない。

あの頃、夜中になると銀座を出て六本木に戻るのだが、カラオケも流行しはじめて、『吉野《よしの》』というゲイバーによく出かけた。何年か後にその店のママがテレビに出はじめた。

時折、店には美空ひばりさんも来ていて、えらく歌が上手い客がいるナ、と思って見たらひばりさんだった。ナマオケの店もあり、そこの店の飯がまあまあでよく寄った。『ラミーズ』という店だった。まだやっているのだろうか。

そう言えば『吉野』に元ラグビー選手の気のイイオカマがいた。ハルミちゃんという名前で、私と仲が良かった。

或る夜、どうしても一晩、自分のアパートに泊って欲しいと言われた。そっちの方は興味がなかったので、断わったが、一年後に酔って部屋に戻り、ハルミが死んでしまったことを知り、悪いことをしたと思った。

——こんな男でもいいのならつき合ってあげるべきだった。

と今でも後悔している。

私の中で、一人で出かける街が、上野、浅草で、なぜか理由はわからないが、一人で木賃宿に泊り、下町界隈をぶらぶらした。

今でこそ店の名前は覚えているが、当時、腹が空けば食べるのが飯で、酒でさえ上等も、下等もなく、酔えればそれでよかった。だから一度、阿佐田先生と浅草をふらついた時、先生が少年の頃からやっている店に案内して下さって、その記憶力のたしかさにも驚いたが、店がそれだけ長くやっているのにも驚いた。

今でもそうだが、私は他人や世話になっている人が案内してくれた店に、再び一人で行くことは絶対しない。たとえ気に入った店でも、それはせぬことが礼儀と思っているからだ。

だから浅草も、上野も二人で行った店の名前は覚えていない。

わずかに上野の松坂屋デパートの近くの『ぽん多《た》』というカツと鮑《あわび》のステーキ、ビーフシチューがなかなかの店へ連れて行かれたのを覚えているくらいだ。

浅草界隈は今も、時折、出かける。

観音裏から少し歩いた柳通りだったか、そこに鳥鍋の店がある。

『とり幸《こう》』という店で、五〇〇〇円くらいで鳥鍋のコースが食べられる。

昔、深川の中学校の名投手だったオヤジがやっていて、娘さん二人が手伝っていた。

東日本大震災の前日、オヤジさんが亡くなってしまい、娘二人がオヤジさんの遺志を継いで、どうにかはじめた。何しろオヤジの料理を手伝っていただけの素人同然の娘がはじめたので、最初は料理が出るのが遅くて、鍋が出た頃は酔っ払ってしまう日が続いたが、今はもうしっかりしたもので、オヤジさんが生きていた頃の味まで追いついた。

安いのがイイ。客はほとんどが地元の下町の人で、会話が江戸弁で耳にしていて面白い。

『田毎《たごと》』という焼鳥屋もよろしい。釜飯がなかなかだ。

これも、時折、行くが、夕刻は混んでいる。

おでんなら、一時、『おかめ』という店にも通った。

カウンターと上がり座敷があり、下町らしい店である。

母娘の女将二人が切り盛りしているが、母女将はきっぷがイイ。若女将は楚々《そそ》としていていかにも下町の美人である。

美人だから味がイイということはなかろうが、ほろ酔い加減にはやはり可愛い方が、目の肴には良いものである。

作家の道尾秀介さんとボトルを入れていた芸者の姐さんがやっていたスナックがあったが閉店したそうである。残念。次回ももう少し下町の店の話をする。

天神下の志ん生

上野、浅草界隈の思い出のある店や、今も時折、出かける店を紹介しているが、上野は今も、仙台から上京した折に降りる駅である。

上野には独特の街の匂いがある。

何と言っても、北の玄関口と言うか、東北、北関東、信越までの電車が、この駅に入って来る。

ひと昔前は、北の人々にとっての東京は上野であった。

石川啄木も岩手から上野に着いたし、宮沢賢治もしかりである。

啄木の作品に、

ふるさとの訛《なま》りなつかし停車場の
人ごみの中にそを聴きにゆく

この作品の停車場とは上野近くにある。詩人が淋しくなった時、上野の停車場で東北訛りの言葉を聞きに行き、こころをなごませたということだろうが、少しヒロイックではある。

上野はさまざまな人が住んでいるが、田舎から上京した人たちは大半が東北の人である。

この一週間は桜見物の人で、道も店も混んでいる。

花見の時に特別混んでいるのが、天神下にある『多古久《たこきゅう》』だ。

この店とのつき合いは長く、以前は日曜日の雨の日ばかりに顔を出していた。

私は別段、休日に雨が降ったからそこの暖簾をくぐっていたつもりではないが、当時、元気に大きなおでんの鍋の前に座って、店を切り盛りしていた女将さんの誠子さんが、

「あら、雨になっちゃったわね。日曜日なのに可哀相ね。日曜日で雨だから、そろそろ伊集院先生が顔を見せるよ」

と言い出すと、私が、今晩はと顔を出したらしい。

その当時で誠子さんは八十歳を越えていた。

カウンターとテーブルがひとつだけだが、昔からの店にしては大きなカウンタ

ーで、先代のオヤジさん（誠子さんの旦那さん）が評判の人でおでんは名物だったらしい。

今は息子さんのマーチャンが一人踏ん張っている。私と同じ歳で、なぜか独身である。この人が煮込む、子持ちカレイがなかなかで、季節になると電話をかけて、

「今夜はカレイはあるかい」

「あるよ」

「じゃ煮はじめてくれ。十五分で着くから」

と注文する。

二十分から三十分かけて丁寧に煮てくれる。

マーチャン（正道さんとおっしゃるんだと。今、電話で聞いた）の姉さんのカズチャンと話しながら一杯やる。マーチャンにも一杯やってくれよと以前は二人酒をしていたが、今は酒はひかえている。

この店には珍しいものがある。

或る日、女将さんの誠子さんから、

「先生、色紙を一枚書いてくれないかい」

「ダメだ。色紙は書かない。俺の字なんて見るようなもんじゃない」

「そう言わずに。私はね、この店やって何十年になるけど、上野、本郷のえらい先生も来たけど、一度だって色紙を頼まなかったんだ。けど先生のなら冥土の土産品に欲しいよ」

それでも断わると、姉と弟に、人情のない人だね、見損なったよ、とさんざん言われて、

「じゃ店に飾らないなら」

と言って、女将さんの希望の〝気〟という字を長く書いて渡した。

次の時に店に行くと、額に飾って掛けてあった。

「何だよ、話が違うじゃないか」

「おふくろが飾るって言うんだからしょうがないじゃないか」

「……」

私は黙ってしまった。

『多古久』にはイイ写真がある。

名人、文楽と志ん生が談笑しているものでなかなかだ。

以前、すぐ近くに寄席《よせ》があるので、古今亭志ん生がカウンターの隅で飲んでいた。身体が上手く動かなくなってからも弟子におぶわれて来たらしい。

いつもの定席で、あの声で、

「酒、おくれ」

と言う。先代のオヤジが常温のコップ酒を出す。それを美味そうに飲んだそうで、身体のこともあり、家族から酒は二杯までと決められていたが、二杯目を飲み終えると弟子にむかって「オイ、小便に行ってきな」と言い放ち、弟子が厠屋《かわや》に消えると、指を一本立てる。オヤジは黙って三杯目を出す。それをキュッーと飲み干し、弟子が戻ると、ボチボチ行くか、となる。イイ話である。

ここには競輪ファンが千葉からやって来るらしいが、まだ逢ってない。

私の経理、税務をしてくれている先生とも、この店で出逢った。

先生は酔っていたので、心配だったが、仕事をはじめると優秀この上なかった。

女将さんの誠子さんの通夜に行ったら、お孫さんがカズチャンに、

「ヤクザ屋さんが来てるよ」

と言ったとか。ずいぶんな家族だナ、と思ったが、今は楚々とした娘さんになっている。

風邪の時のサムゲタン

ここのところ書いている、これまで私が行ったことのある飯屋、飲み屋で、せっかく全国の競輪場すべてを巡ったのだから、もう少し店の名前なり、店の様子を覚えておけば、この連載を読む人に競輪ファンが多いので、残念である。青森の『天ふじ』、小倉の『三隈』しか思い出せない。

上野界隈の続きである。

先週紹介した『多古久』は日曜日に営業していたので通うようになった。なにしろ常宿のある御茶ノ水の周辺は日曜日にほとんどの店が休んでおり、飯にも酒にも困りはてていたからだ。ところが最近、日曜日に営業していた店が休むようになった。その店を一軒紹介する。

焼肉は若い人、子供の好物だが、いつの頃からか、焼肉をあまり食べなくなった。胃がちいさくなったからだろう。

上野の広小路の信号を不忍池《しのばずのいけ》にむかった一角に、二軒通う店がある。

その一軒が焼肉の『味楽《みらく》』だ。

ここに通うきっかけも日曜日に営業していたからだ。

昔美人だった姉妹（昔と言ってもずいぶんと前のことだが、縄文、弥生ほど前ではない）が切り盛りしている。

これも昔の話だが、店が流行っている頃（今でも十分客はいるが）は店前に客が並ぶほどの繁昌振りであったと言う。

私はこの『味楽』には一人で行くことが多い。『多古久』と同じで日曜日の雨の日なんかである。

一人で焼肉に行くことほど淋しいものはないが、仕方がない。

以前、銀座で一人で焼肉を食べている女性を見たことがあるが、何をしている女なのだろうか、と思ってしまった。

二人で焼肉を食べている男と女はデキてるとよく言うが、なるほどと思わなくもない。なぜなら私が若い時は、オイッ、一発精をつけるために焼肉でも行くか、とか、明日ガンバルために焼肉だ、と声をかけてむかうことが多かった。つまり焼肉は体力、精力をつけるという雰囲気があったので、男と女が二人で食べていると、そう思われるのかもしれない。

『味楽』はまず安い。いや高くないと言うべきか。肉が新鮮に思える（新鮮じゃない肉を出す店があるのかどうかは知らないが）。風邪を引いている時のサムゲタンはヨロシイ。

上野広小路の信号から『味楽』までは八十メートルくらいあるのだが、この八十メートルに客引きの女性たちがずらりと立っている。それも結構勢いのある女たちだ。ほとんどの男が呼び止められる。

なのに私に声をかける女は一人もいない。刑事か何かに見えるのか？

「それ違いますよ。伊集院さん。地回りと思われてるんですよ」

下北沢に名人がいた

上野界隈の通った店を記憶をたよりに紹介しているが、思い出せないものや、元々、屋号、店名を頭に入れてない店もあったりで、店にも読者にも迷惑をかけてしまっている。

大半の店が、自分が飛び込みで入った店なので、それなりに愛着もある。

焼肉店『味楽』のむかいに一階が鮨屋、二階がクラブになっているビルがある。

二階のクラブは下町らしい気楽な店で、友人の作家に頼まれて数年顔を出した。

その一階に鮨店『一心《いっしん》』はある。

私が通った頃の『一心』の花板は今は銀座で店を開き、繁昌している。

今でも、時折、顔を出すが、次の花板と若い衆が成長して、店は賑わっている。

鮨屋をあちこち覗いていつも思うことだが、若い衆の風情、雰囲気を見ていて何人かの人に想った。

――この若い衆はやがて一人前の鮨職人になり、勤勉にやり続け、運が良ければ店を持つようになるのだろう。

しかしそうなる職人はごくわずかだった。

――何が、彼等の分岐点を作るんだろうか？

と考えたことがある。

これだという答えはないが、見ていて実直と丁寧、それに少しばかりの運があればそうなる気がする。

ずいぶん前に、或る老鮨職人に訊いたことがあった。

この人は名人と呼ばれた人である。

「伊集院さん、鮨屋ってものは丁寧にやってさえいれば傾くことはないんです。そうですね。粗く見積っても利は八割を超える仕事です」

「そんなにですか？」

「ええ、まあ店や、街にもよりますが、しっかり修業して仕事さえ身に付ければ、それから先は、少しの運があればいいんです」

皆が同様のことを話してくれた。

――少しばかりの運？　とはどれくらいのものなんだろうか。

今から四十年近く前に下北沢の駅から少し離れた、三軒茶屋へむかう道（茶沢通りと呼んでいた）の途中に『小笹寿し《こざさずし》』という店があった。

この店に通うきっかけになったのはイラストレーターの矢吹申彦《のぶひこ》さんだった。

カウンターだけのちいさな店で客が七、八人で満杯だった。

親方と弟子が二人。あとはやさしい女将さんだけだった。

親方の名前はたしか岡田周蔵であったと思う。

若い時に、この人の握る鮨を食べたのが、後年の自分の鮨への判断になった。

親方はひとしきり握り終えると、カウンターの中の椅子に座って、美味そうにゴールデンバットをくゆらせていた。

この姿がまことに風情があり、鮨職人は斯《か》くあるものかと思った。

親方になぜか大切にして貰ったことが今も忘れられない。現在は弟子が後を継いだという。

一番弟子が桜新町だか、上用賀あたりで左鮨（左手で握る鮨）で店を出していた。

最後の弟子が、渋谷の神泉の近くで同じ名前で店を出している。

上野界隈はこんなところだろう。

さてどこへ行くか？　と言うより、どの時代の話を書くかということになる。

もう思いつく店、人もいない。

どこか時代、街が残っているか？

「伊集院さん、東京じゃないんですか？　東京の銀座ですよ」

――そうか銀座か。

しかしこれを紹介すると、自分でその店へ通えなくなる。

一軒思い出した。

新宿、歌舞伎町を職安通りの方へむかう路地に『虎寿司《とらずし》』はあった。

通っていたのは、かれこれ二十数年前だが、あの頃、プロ雀士の伊藤優孝《ゆうこう》が雀荘をオープンさせるというので、祝いがてら打ちに行って、どうなってしまったのか五日間、徹夜でぶっ通しで打つ破目になった。

その折、バテバテになって連れて行かれたのが『虎寿司』だった。

鮨もなかなかだったが、主人の虎さんが良かった。

その折、知己を得たのが栗原さんだった。

皆はクリさんと呼んでいたが、長老だったから（私よりひと回り歳上だった）、私は栗原さんで通した。

めっぽう麻雀が強かった。

雀荘を地方に数軒持っていた。

私はこの人の麻雀が好きで、数年打ち続けた。

『虎寿司』で待ち合わせて歌舞伎町の雀荘へ入った。

『虎寿司』の娘さん（たしかあの頃小学生だった）が阪神・淡路大震災の時、テレビに映る被害者を見て、虎さんに泣きながら「寄附をして！」と何年間かで貯金した×万円を差し出した。

その話を思い出しながら、虎さんの鮨で一杯やるのは至極だった。

今もあるのだろうか？

通って来た店や人の紹介も、東京というか、銀座周辺になった。

今から二十年近く前、私は演出家の久世光彦《くぜてるひこ》と赤坂の鮨屋で待ち合わせたことがあった。

小綺麗な鮨屋だった。

――久世さんはこういう鮨屋が贔屓なのか、さすがだナ。

と思った。

奇妙なものだが、この人には人生の肝心を見習うべきでは、と思った人に連れられて、飲み屋なり、食事を出す店へ行くと、まず、その人らしい店だナ、と思う店に連れて行かれるものだ。

私にとって、阿佐田哲也こと色川武大さんに連れられて行った全国各地の競輪場がある街の店がそうだった。

とくに阿佐田さんは喰いしん坊だったので、美味いものを出す店が多かった。

久世さんとは仕事をしたことは一度もなかった。

久世さんと縁があったのは家人と前妻である。どちらも女優として大切なドラマに久世さんは起用してくれた。私はどちらかと言えば、大切な女優を取ってしまった亭主なのだから、むしろ久世さんからは煙たがられてもしかたない男なのだが、なぜか久世さんは私を大事にしてくれた。

その夜も、昼間、突然連絡が入り、

「伊集院、少し逢いたいんだが」

と言われ、夕刻、待ち合わせの場所にあった鮨店へ行った。

どこかで、私が週に三度、四度と鮨屋で飲んでいるという話を耳にされたのかもしれない。

赤坂の路地にある『希扇《きせん》』という店だった。

一階はカウンターとちいさなテーブルがひとつあった気がする。

久世さんはカウンターに座っていた。

鮨屋のカウンターに一人で座る天下の演出家の姿を見るのも初めてだった。

久世さんは右手を少し上げ、私を迎えた。

隣りに座ると、久世さんが言った。

「伊集院とこんなところで逢うのは初めてだな」

「こんなも何も、待ち合わせて逢うのが初めてですよ」

「相変わらず仕事が忙しいのか」

「いや、そうでもないですよ」

「それにしても、いつも同じものを着てるな」

「貧乏ですから」

「嘘をつけ。当代の流行作家が貧乏なわけがないだろう。ギャンブルと酒に持って行かれてるだけだろう」

「そうかもしれません」

久世さんはあまり酒を飲まない。

「何かふたつ、みっつ握ってくれ」

そういう注文のしかたをした。

「伊集院はどうするよ」

「何か切ってもらおうか」

「新子がありますが」

「ああ、いいね」

出された新子を口にするとなかなかであった。

私は職人にも、店にも「美味い」とは言わない。

どこかおべんちゃらを言ってるようで、こちらが金を払っているのだから、しかもそれなりの値段を取る。

不味いじゃや、おかしいだろうという考えだ。

「いい新子だ」

それを言って職人を見ると、これが身体が大きかった。

身体の大きな鮨職人は半分以上がおかしな味覚である。

名人と呼ばれた人は小柄な人が多い。

理由はわからないが、これまで出逢った職人で、これはという職人はすべて小柄だった。

見ると、まだ若い。

三十歳前後だろうか。若いのに端板前に立っているのだから、それなりの力量はあるのだろう。

その夜は小一時間、麻雀の約束や、小説のこと、作詞のこと（私たちは同じマネージャーで作詞の仕事をしていた）などの話をして別れた。

それから二週間くらいして、今度は東北新社の偉い人と待ち合わせると、その鮨屋だった。

——面白いことだ。

私はどんなに良い店でも、その人が通っている店には行かない。それが礼儀だと思っている。

職人も驚いていた。

そんなことで、久世さんに行くことを告げて通い出した。

「伊集院、いちいち連絡しなくてもいいよ。別に俺の馴染みじゃないし」

職人とも話をするようになった。

数年、通っただろうか。

或る時、その職人が訪ねて来た。

「どうした？」

「実は自分の店を出そうと思いまして」

「そうか、おめでとう。どこでだ」

「赤坂が良いかと」

「そりゃダメだ。今までの店に近い場所に出しては客を取ることになる。銀座で出せ」

「銀座は自分には無理です」

「バカかおまえは。若い時に無理をしなくちゃ、いつ無理、無茶がやれるんだ?」

その職人が銀座の『くわ野《の》』の主人である。

「今、銀座で勝負をしなきゃ、いつやるんだ?」

私は発破《はっぱ》をかけたが、別に話の勢いで言ったのではなかった。

彼なら鮨の腕はあるし、新潟出身の職人は東京での成功例が多いことも知っていた。

銀座という街が、喰いもの店にとっていかに大変かもわかっていた。

それでも若い時にだけ、将来のことは見えなくとも、前に踏み出さねばならない時がある。

その行動をするかしないかを、後になって後悔すると言う人がいるが、そうではない。

後悔などすることはどうでもよくて、大切なのは、そこで踏み出すかどうかは、己の人生の時間を見られるかどうかにある。

機を失うと、再び、そういう機会が来るということはまずない。

それを判断するのは自分だが、若い時には、果して今がそうなのかを見る目はまずない。

そこで誰かが背中を押してやるという、おせっかいが必要になるのである。

そのおせっかいを、おせっかいに見るかどうかも、当人次第なのである。それでもおせっかいは、ないより、あった方がいいのである。

恩師、師匠、先輩、同輩、後輩である場合もあろう。

さらに極端に言えば、まったくの他人、見ず知らずの人の一言で、踏み出すこともある。

嘘だと思うなら、伝記小説を読んでみればイイ。

通りすがりにあった子供の一言で何事かを決意でき、成功した人もいるのである。

彼は踏み出し、老舗の鮨屋の隣りのビルに小店を構えた。

――よくあんな場所で。

と言う人もあったらしいが、志《こころざ》しの大小がふさわしい場所を決めるのだ。

「老舗とて、最初はその辺りの屋台と同じだったろうよ。面白い場所じゃないか」

かくして金春《こんぱる》通りに『くわ野』は暖簾を出した。

いったん沖へむかえば、たとえ小舟でも、同じ海に帆をはるのである。海は客がうようよ泳いでいる銀座だ。

——順調な船出だったか？

そんなわけはない。

しかしその苦労が、鮨とは何か？　客とは何か？　銀座とは何か？　最後に自分の鮨とは何かという命題に一人で立ち向かわせるのである。

上り坂と下り坂、追い風とむかい風。若い時は断然、上り坂、むかい風にむかって平然と歩くことなのである。

店のビルも決って、ようやく開店にむかって進みはじめた。

そこまで来れば、客の私には何もできることはない。

せいぜい初日に顔を見せるくらいのものだ。

ところが店の若大将は、思わぬことを言って来た。

「伊集院さん、店の看板を書いて頂きたいんです」

「そりゃダメだ。店が終るぞ」

「かまいません。夢だったので、夢で終っても」

「……………」

考えた末、店を終らせるか、と看板の文字を書いた。

かくして店は開店した。

銀座で遊ぶ客は、この店を誰も知らない。

――さあどうなるか。

初日は赤坂時代からの客がこぞってやって来たらしい。

顔を出したのは三日目だった。

そこでまた相談された。

「伊集院さん、シャンパンはいくら請求したらいいんですか？」

「そりゃシャンパンだもの。パァーッと請求すればいいんじゃないか」

「パァーッですか？」

「そうだ。ポンと開けてパァーッだよ。あとは濡れ手に泡（粟）だ」

「濡れ手に泡ですか？」

「そうだ。どうせ腹に入っても泡となって消えるんだ。いくら請求しても覚えちゃいないさ」

「本当ですか？」

「いや嘘だ！　金持ちほどケチなのが銀座だ。少し待ってくれ」

それで銀座でクラブを経営している社長たちに訊いた。

そこで長いつき合いの経営者に仕入値と店の出し値を尋ねた。

「えっ、そんなに儲けとるのか？　君たちは？」

「かんべんして下さいよ。シャンパン王子と言われてたのはどちらさんですか？」

――そうか、それで銀座に通っている間はぜんぜん金が残らなかったのか……。

『くわ野』は今年で十五年目を迎えたと言う。

「そうかもう十五年か。よし祝いに暖簾でもこしらえよう」

「本当ですか？」

「とりあえず立て替えといてくれ」

私にしては、ましな文字が偶然書けた。

梅雨明けくらいから掛けるのだろう。若い夫婦二人でよく踏ん張ったものである。

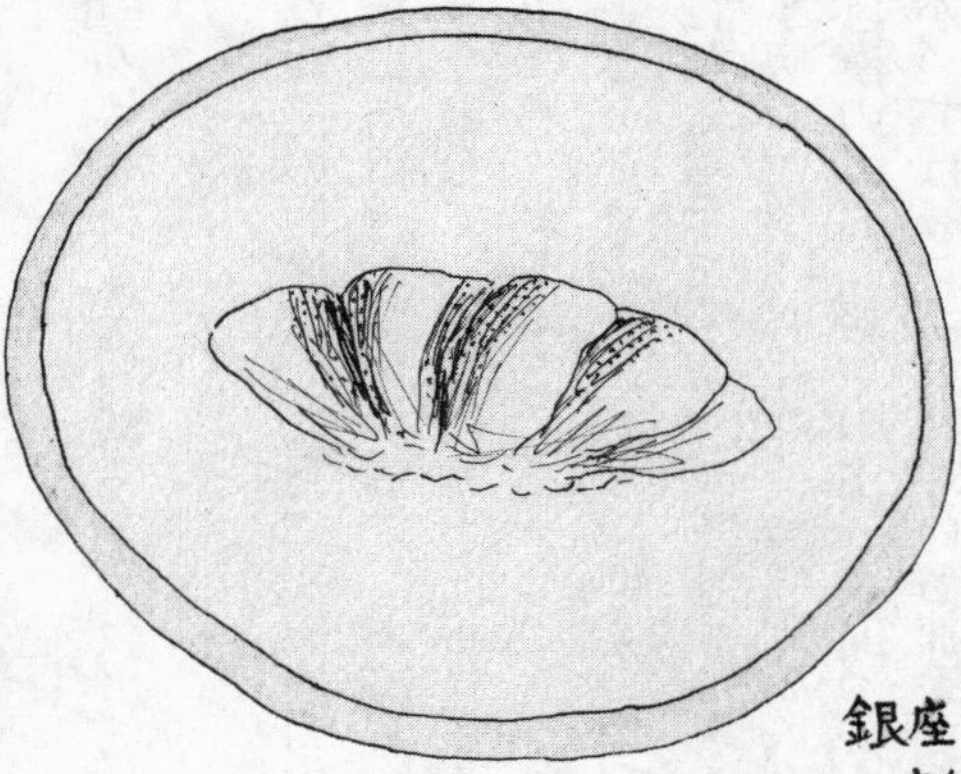
銀座「くわ野」
新子

無事に帰って来たんだから

前回書いた銀座の鮨店『くわ野』が銀座に店を出す折、挨拶に行ったのが、銀座・数寄屋橋にある、おでんの店の『おぐ羅《ら》』である。

銀座に暖簾を出して、すでに三十三年になる老舗である。

私もこの店に通うようになって三十年近くになる。

カウンターとテーブル席がふたつに奥の個室が二室。

店の中では何と言ってもカウンターがよろしい。

今はいつもカウンターの中に立つことはなくなったが、三十年近く、カウンターの中央に巨漢の『おぐ羅』の主人が立っていることで有名だった。

何しろ、かつてはノンプロ野球の名捕手であった人だから、客も、味もすべて、このオヤジが引き受けていた。

おでんの味は関西風で薄味である。

各タネは早朝から職人たちが丁寧に下ごしらえをする。

タネの中には季節のものが入る。

ツブ貝、フキ、ぜんまい、イイダコ、マグロ……とたっぷりあり、袋物、定番の大根、豆腐も、ここならではの味だ。

おでんの前に、刺身、鯵《あじ》フライ、ジュンサイなどが季節替りでちいさな黒板に書いてある。

私はカウンター前、オヤジの真ん前で、熱燗をやる。常に熱くしてある錫《すず》製のヤカンがオヤジの手元で回されている。

これを丁度、手ごろのコップに注いでくれる。

なかなかのものである。

実は、この店、私の東京での帰る店であった。

まだ私は若く、競輪にのめり込み、特別競輪に限らず、記念競輪、普通開催のS級戦にお目当ての選手が出走していると、すぐに飛んで行った。

特別競輪など、昔は六日間開催だったので、前日に乗り込み、最終の電車、飛行機で東京に戻った。

〝旅打ち〟であるから、旅の大半は負け戦さである。

ボストンバッグ一杯に金を詰め込んで、帰って来るぞと出発した青二才は、いつも肩を落として、テーブルの隅で独り酒を飲んだ。

そんな時、今は亡き女将さんが、

「伊集院さん、それだけ遊んで無事に帰って来られたんだから、それだけで十分じゃない。はい、オヤジからですよ」

と好物の豆腐を出してくれた。

しみじみ有難いと思った。

たまに勝つこともあったが、

「はい、女将さん、お小遣い！」

と金の入ったポチ袋を出すと、

「こんなにたくさんはダメ。無駄遣いをする人間はロクな仕事ができませんよ」

とたしなめられた。


ヤンキースのコーチをしている松井秀喜さんが、まだジャイアンツに所属していた時、台風でヤクルト戦が中止になり、その夜、二人で銀座に行った。

彼と銀座へ行くことはそれまでなかった。

——銀座は百年早い。

それが私の考えだった。

さすがにドームでのゲームが中止になるほどの台風だから、銀座通りには人っ子一人いなかった。

そんな時でも『おぐ羅』はやっていると思って行ってみると、やはり暖簾を上げていた。

さすがにオヤジである。

「私の店に気取った客はいりません。一生懸命、毎日働いている庶民が贔屓にしてくれる店でいたいんだ」

松井さんの顔を見た途端、オヤジの目が光った。

それもそのはず松井さんのプロでのホームランの一号をスタンドで観戦していたほどのファンだった。

その時は嬉しくて周囲の人たちに生ビールを何十杯もご馳走したそうだ。ところがそんな話は微塵もしなかった。本物の贔屓である。

オヤジは松井さんに少しご馳走した。すると後日、松井さんはそのお礼に仲間と訪ねた。

「いや伊集院さん、今時、返しの顔出しをしてくれる若者がいるんですね。たいしたものだ」

私も少し鼻が高かった。

オヤジは野球だけではなく、競馬の重賞レースもよく観ていた。

騎手の武豊さんと一緒に行った時に、オヤジが昔の武さんが勝ったレースをよく覚えていたのに感心した。

おでんの季節の冬時は、いつも店は一杯で、なかなか入れないが、少し遅い時間になると、カウンター席がひとつ、ふたつ空いている。

先月、腰の調子が悪くなり、入院をしていたが、そのうち元気な顔を見せてくれるだろう。

目標は、

「東京オリンピックを見るまでは死ねない」

だそうだ。

ぜひそうして欲しい。

無口で、無愛想な主人たち

今はもう軽井沢に移り住み、馴染みの客からの予約が入れば、その日に新幹線で上京し、魚河岸《うおがし》で仕入れをして、夫婦二人で気軽に鮨屋『加納』を営んでいる主人がいる。その主人が、或る夕、

「伊集院さん、焼鳥なんぞは食べられるんですか？」

と唐突に訊いたことがあった。

「食べなくもないが、どうして？」

「お連れしたい店がありまして……」

私は主人の顔を見返した。

こういう誘いは、長いこと銀座に通っていて、まずない。

銀座の、しかも『加納』は名うての鮨店である。名うてを保っているのは主人の腕である。

その腕がまぎれるようなことはしないのが、一流というものである。

しばらく経った週末、鮨店の主人夫婦と、彼等の唯一の趣味であるゴルフに出かけ、帰りの車の中で、

「少し前に話をした焼鳥屋ですが、どうです？　これから」

「ああ、かまわない」

着いた店の暖簾をくぐると、中はカウンターだけの〝鰻の寝床〟のような店で、土曜日の夕刻なのに客は男ばかりだった。

しかも見回すと、皆静かに焼鳥で一杯やっている。

――と言うことは、この男たちはわざわざ、週末の銀座にこの店へやって来たということか……。

カウンターの隅の、足も置けない場所に座って、私と鮨屋の主人はビールをやり、すぐに燗酒を飲みはじめた。

――うん、こりゃイケルナ。

二人とも草っ原で球を打っていたから酒はスイスイ入った。

三十分して立ち上がった。

二人で一升半くらい飲んだらしい。

以来、鮨屋の主人に断わって、一人で出かけるようになった。

それが銀座裏の『鳥政』である。

予約は受け付けないが、図体のデカイ私が行くと、何とか席を空けてくれる。

それで十年位通っただろうか。

日本酒の燗がナカナカで、鳥の方はおして知るべしである。

主人の川渕氏はおそろしく無愛想であるが、その分仕事はきちんとしている。

鳥を焼く以外は、釣りをやる。

鮎とイカであると聞いて、鮎を食べない私は、それを口にした。

「先生は鮎がダメですか？　季節になりゃ送ろうと思ったのに残念だ」

「悪いナ。しかし、それが丁度いいんじゃないか。毎年、嫌いなものが家に届いちゃ、迷惑だ」

あとは自然薯を掘る。

時折、仙台の家に届くが、これもあまり好きではない。

イカ釣りに沖へ出て釣った、平目やカツオや、ずいぶんと大きな魚も送られて来る。

お陰で、仙台の家のお手伝いが、出刃包丁を購入した。

私は魚の白身は食べないので、豪勢な刺身を見て、

——よくもまあ、これだけ俺の嫌いなものばかりを送ってきやがるものだ！

と感心した。

主人は二代目で、主人の隣りでやはり黙って働いているのが三代目だ。

初代は新橋駅の近くでやっていたらしい。

銀座裏の商いで、三代続く店は珍しい。店が踏ん張ったこともあるだろうが、客がそうさせたこともあるのだろう。

三代目の結婚式に出席させられた。

焼鳥屋の伜の式にしては豪勢で見ていて、

——これくらいしか愉しみがなかったんだろうナ。

と思い、挨拶もした。

「——ええ、本日は鳥ガラも佳く……」

なんてイイ加減な話をした。

その席で、〝八海山〟の女性専務に逢った。

たしか隣りに、やはり銀座のおでん屋『おぐ羅』の御主人もいた。

店の客は皆、上等なのもいるが、どうしようもないのもいる。

地回りもいるが、酒乱もいる。

ひと昔前は、ゴルフの帰りに三、四人で立ち寄り、酔っ払っていた。

一度、『リシリな夜』というテレビ番組に、主人に無理矢理登場してもらい屋台で鳥まで焼いてもらったのにこの店の名物のレバー焼きを前に、石橋貴明に、

「伊集院さん、これが『鳥政』自慢のレバー焼きですか？　美味しいんですか？」

と尋ねられ、

「俺はレバーは食わないんだ」

と言ってしまった。

いやはや迷惑のかけっ放しである。

一月に病気をして以来、酒を禁じられているので行ってないが、東京で一番通った店であることは間違いない。

こうやって、自分で通った店の話を書いていると、味覚がどうのこうのなどと書くのは、やはり礼儀としておかしいのではと思う。

何もかも皆美味いくらいのことは言うべきなのだろう。

カウンターの端をかじったらきっと素晴らしい味じゃなかろうかと思ってるく

らいは書かなくてはイケナイのだろう。

私が通う店は、『加納』の主人にしても神楽坂の『寿司幸《すしこう》』の主人にしても、なぜか、無口で無愛想な男が多い。

だからたまに、愛想が良い、主人やシェフ、マスターのいる店に入ると、

――もしかして、相当におかしい店ではないか。

と疑ってしまう。

私は、飲食店の主人は無口な方が良いと思っている。

実は、偶然ではなく、その方が安堵するのも事実である。

神楽坂に引っ越してみると

二十数年、上京した折に常宿にしていたホテルが半年余り、改修工事に入るので、どこかに宿泊する場所を探さねばならなくなった。

知人やオフィスでいろいろ探してもらったのだが、なかなか適した宿が見つからなかった。

ようやく、これはとすすめられたのが神楽坂のちいさなホテルだった。

まだ住みはじめてから二週間はたたないが、何とかやって行けそうな感じだ。

神楽坂は、『麻雀放浪記』の著者、阿佐田哲也さんこと色川武大さんの生家がほど近かったので、二人して何度か訪れた。

最初は『和可菜《わかな》』という旅館に入って、処女作になる『三年坂』の中のふたつの短編を二階の六畳の部屋で書いた。

この宿には色川さんも何年か執筆で入られたらしい。

作品を渡した夜、編集者に連れて行かれたのが、去年の末に店を閉じた『寿司幸』だった。

『和可菜』では昼食は『五十番《ごじゅうばん》』でラーメンを取ってもらった。

先週、昼時に行くと『五十番』はすでに中華料理店ではなくなっており、饅頭屋になっていた。

『和可菜』も閉めたし、『寿司幸』もない。文房具の『相馬屋《そうまや》』のはすむかいにあった洋食屋もなくなっていた。

そのかわりに土、日曜日になるとオバハン、オジンが、わんさかやって来て、何の用があるのかわからぬが、ヨロヨロ歩いていて、人の流れがおそろしく遅い。

色川さんと二人して餡《あん》みつを食べた『紀《き》の善《ぜん》』などは長蛇の列ができていて豆かんを買うのに一時間は待たねばならぬ混雑振りだ（二〇二二年閉店）。

この宿に入った初日、昼食をどこで食べようかと思いあぐねていて、

――そうだ、あそこに行こう。

と一軒の中華料理店を思い出した。

『龍朋《りゅうほう》』という店で、料理の中でもチャーハンがなかなかの店で、この店の近くにS潮社なる出版社があり、そこの缶詰め部屋に入っている時、若手の編集者と夕方からよく行き、安い料理を注文し、何本もビールや酒を飲んでいた。

二十年振りに食べてみると、味も昔と同じで、申し分なかった。

翌日の土曜日、今日はラーメンでもと思って三十分余り歩いて、着いてみると大行列である。

「ナ、ナ、ナンジャ？　これは」

本誌のS君に電話を入れると、何でも、テレビで紹介されてこうなったらしい。タダの中華料理店だったのに、変われば変わるものである。

仕方がないので、薬を買う用もあったので、薬局に行きがてら、御茶ノ水界隈へ出かけて昼食を摂ることにした。

時刻が二時を過ぎていたので、どの店も楽に入れるだろうと、あの通りに名前があるのかは知らぬが、蕎麦や麺を食べている店を見て回った。

少し前はよく行っていたツケ麺の店の『勝本《かつもと》』があったが、客が並びはじめて入るのをやめた。

蕎麦屋は古い店で白髪のなかなかのオヤジがやっていた『満留田《まるた》』が三年前、急に店を閉じた。

客も多く流行っていたのにどうしてやめたのかさっぱりわからない。

蕎麦はもう一軒、元々お茶屋だった店舗に息子だか、婿養子だかの真面目そうな兄チャンとたぶん奥さんだと思う女性がやっている店へ行く。名前はたしか『大宣《だいせん》』と思った。義父だか、父親だか、元お茶屋の主人らしき爺さんがレジに居るが、この爺さんが外ばかりを見て油を売っている。

——まったくどうしようもねぇナ。

しかし町内のお茶屋というのもコンビニやスーパーができて商売にならなくなった一軒だろう。

引っ越す前に『五ノ井《ごのい》』という排骨担々麺が人気の店へ行ったが、まだその人気メニューは食べていない。

ラーメンはまあまあだ。

元お茶屋のむかいにタバコ屋があり、その隣りが薬屋で、このタバコ屋で一本九〇円くらいのバナナを売っている。

オバサンと息子がやってるが、オバサンはしょっちゅう値段を間違える。息子が、そりゃ違うよ、××円だよ、と注意しても、母親はどこ吹く風で、ああそうなの？　とまったく値段を覚えようとしない。

半年後に戻って来た時に皆果たして残っているのだろうか？

神楽坂の方は相変わらず、バアサンとジイサンの行列が続いている。御茶ノ水は大学や専門学校、予備校があるので、若い人が多かったが、神楽坂は、よくぞこれだけ、どこから出て来たんだ、という高齢者で満杯である。見ているだけで食欲がなくなる。

夜は御茶ノ水でも、神楽坂でも、この頃『量平寿司《りようへいずし》』へよく出かける（銀座一丁目に移転）。

御茶ノ水と神楽坂の中間にこの店はあって、最初誰の紹介で行ったのかは忘れたが、町場の鮨屋としてはなかなかである。

数年前から、銀座に出ない時はここで夕食を済ませる。

何がいいのか上手く説明できないが、初めの頃、大将がいたが残念なことに一年近く前に亡くなった。

何を食べてもなかなかで、安いのもよろしい。

忙しい時は奥の間にも合わせて三十人近い客がいるのだが、それを一人の板前がすべて握っているのには驚く。常連が多いのは、それだけ長く客がこの店を贔屓にしているということなのだろう。

鮨屋でこんなことを書いたら怒られるかもしれないが、娘のアキチャンが入れてくれる麦焼酎のお湯割りが絶品である。

ただ今も出かけることが多いので私への興味で来店しないように！

まあいずれにしても食べ物や店のことを書くのは申し訳ない気がして戸惑いながらでは筆があちこち迷走するのはたしかだ。

リーチ一発ツモドラ二十

仙台にむかう電車の窓から、雲を見ると、すっかり秋の雲にかわっていた。
——そうか、秋になったか。
昨日、早朝、千葉でゴルフをした時には、秋の気配はそんなにしなかった。
やはり北の地には早く秋が訪れるのだろう。
私はあまり人混みや、大勢の人が集まる場所にはいかないのだけど、今日は出かけた。
東京ドームで行なわれた「ジャニー喜多川さんのお別れの会」である。
これは人が多くても仕方ない。
永い間、世話になったからである。
私はジャニーさんとはあまりつき合いがない。挨拶するくらいだ。
一度、何かの折に麻雀をした。
相手はジャニーさんと森光子さんとどこかのテレビ局の人であったが、打って驚いたのは、すべての和了が局面の後半になることだった。

——なぜ、そうなるのか？

とジャニーさんと森光子さんの打ち筋を見ていたら、

——そろそろリーチか、和了してもいいはずなのだが……。

テンパッているのを感じても、なかなか牌を倒さない。

三十分くらいして、その理由がわかった。

どんな手牌でも、二人は満貫以上を目指して打っていた。

「ダメだわ。これじゃ満貫しかならないわ」

——オイオイ。

ドラがたくさんある麻雀で、そのドラが来たら手放さない。

「伊集院さんはこれまで和了した手役で一番高かったのはどんな手？」

森さんが途中で、
と訊いた。

「そりゃ、役満ですね」

「ダブル役満？」

「いや、それは和了したことはありません」

「あっ、そうなの……」

その言い方が、そんなものなの？　というニュアンスがあったので、

「森さんはどんな高い手役を」

「私はリーチ一発ツモドラ二十というのを和了したことがあるわ」

——オイオイ、十四枚しか牌はないんだよ。

聞けばダブル、トリプルドラがあったということであった。

これはダブル数え役満というらしい。親なら九万六〇〇〇点ですと。

そんな調子だから、とにかく一局一局に時間がかかる。テレビ局の人もよく耐えてるナと思った。

麻雀が終ってから、その局の男性に訊いた。

「いつもあんな麻雀ですか？」

「いや、あの人たちと打つと自分の麻雀がしばらくオカシクなるんですよ。たいした人たちです」

今頃、あっちで麻雀を打っているのだろうか。

それにしても暑い夏であった。

今夏で一番の思い出は、やはり三ラウンドプレーであろう。

あとは東京での常宿の、御茶ノ水のホテルが工事をするので、神楽坂にあるホテルに移ったことだろう。

なにしろ御茶ノ水は二十数年間いたのではじめのうちは勝手が違って、しばらく仕事が遅れ気味になった。

一番勝手が違ったのは、キッチンがあることで、私は調理なんぞしないので、そこにキッチンがあるだけで、別の世界にいる感じがした。

次に掃除の人が、一日に一度しか入らないので、夕刻、出かけて戻ると、部屋が乱れたままの点である。

これも、どこかアパート、下宿に帰ったようで落着かなかった。

良い点はテレビにクローズになるのも淋しい気がした。

バーが早くにクローズになるのも淋しい気がした。

良い点はテレビにCATVが入っていて、ゴルフチャンネルが見られることだが、こちらは消音で点けっ放しにしていても、仕事が忙しいのでゆっくり見ることはできない。

さすがに競輪チャンネルはない。

ホテルはルームサービスのメニューがカレーとハヤシライスくらいしかないの

で、そんなものを毎日食べていたら死んでしまうから、神楽坂の街に出る。私にとって昼食は唯一の一日の栄養を摂る時なので、自然、食べた気になる店を探した。

ところが神楽坂の食べ物屋は若い人向きなのか、脂《あぶら》っ濃《こ》いものが多くて、とてもじゃないが、その日の初めての食事でいきなり濃厚なものは口にできない。

やっと見つけたのは外堀通りの坂下に近い場所の蕎麦屋で『翁庵《おきなあん》』という店だった。

女将と、あとは女性、お嬢さんが数人で切り盛り（中に男性もいる）していて、注文する前に、曜日で、豆腐が十分の一丁か、いなり寿司が一個おまけで来て、生卵が食べ放題の曜日もある。

蕎麦は、早く出て来て、なかなか。

ラーメンはどこも私には合わない。外堀通りの名前は知らないが（いつも看板に何かかけてある）一度入って注文したら三人分はありそうな量が出て驚いた。客の大半はレバニラライタメかホイコーローの定食を食べていた。

牛込の方まで行けば『龍朋』という昔時折行った中華店があるのだが、昼間大勢が並んでいて、とても並んでまで食べるものではない。

『トレド』という、以前旅先で行ったスペインの町と同じ名前の店があった。入ってナポリタン、トンカツを食べたが、店に〝素人が作る料理です〟とあったので、それから行ってない。『芝蘭《チーラン》』はとてもじゃないが辛くて、水ばかり飲んで下痢になった。

先週、担当のS君と夜に出かけた『吾《われ》』という店の炊き込み御飯はなかなかで、もっと早くに入っておくべきだと思った。

鮨の『新富寿司《しんとみずし》』も良かった。タバコが吸える（『吾』もだ）。

それでも『寿司幸』がなくなって神楽坂に来たのが何とも歯がゆい。

滝までの道は険しい

先日、静岡へ取材に出かけた。取材で滝を見なくてはならなかったのだが、滝の見学というのがこれが案外と大変であるのを知った。

滝のある場所へ行くのには、山をかなり登らねばならない。そんなことも私は知らなかった。

少し考えてみれば、水が滝のごとく流れ出すには、それだけの水量、水源のある場所が必要なわけで、豊富な水量があるためには、当然、それだけの水を内包する山岳がある。

つまりしっかりした山を目指して登り、その途中から、水が急激に落ちる沢を見つけなくてはならない。

険しい山を登り、そこから歩いて沢を下り、ようやく滝のある場所に辿り着けるのである。

静岡と山梨の県境に近い場所にある「白糸ノ滝」も、タクシーで結構な距離を走った。そこから滝の入口までもなかなか歩かされた。

以前聞いたことのある〝滝マニア〟の人たちはきっともっと大変な思いをして目指す滝まで行くのだろう。

テントで何泊かする滝探しもあるのかもしれない。

そう考えると、五大湖の滝なんぞは、あれは奇跡に近いものがあるのだろう。

この歳になって、滝見学が大変なのを知るのだから、私のこれまでの自然との関りは、かなり幼かったということだろう。

小説の取材でわざわざ滝を見たのも初めてなら、いざ滝の前に立ってみると、

――よくまあこれだけ水がどんどん流れて来るものだ。いつか水が途切れてしまうんだろうか……。

と涸渇《こかつ》することを心配してしまう作家も珍しいに違いない。

今回の旅で、静岡の食が意外や意外、レベルが高いことに気付いた。

鮨も、日本料理もなかなかだった。

そうして、これも意外だが、ラーメンが美味かった。

夜の酒場でイイ加減飲んだ後、ラーメン屋に二日続けて立ち寄った。

この十年、そういう夜中のラーメンが身体に良くないと聞いて、やめていたの

だが、同行の編集者が大食漢で、

「君、ラーメンでも食べて行こうかね？」

と言うと、

「今、ダイエットしてるんで……。まあ一晩くらいはイイですかね」

とつき合ってくれた。

〝まあ一晩くらい〟という発想がダイエットには一番の敵なのをコイツはわかっていないナ、と思いつつも、夜中の独りのラーメンも切ないので、口にしなかった。

『燕《つばめ》』という店が良かった。

そこで働く女性が、元気な上にベッピンだった。

元気で、ベッピンは、私の中ではかなり上位の女性である。

勿論、ラーメンは美味い。餃子もなかなかだった。

普段、食べ物のことは書かないのだが、よほど良かったのだろう。

鮨は『なるかわ』、和食は『辻《つじ》』この二軒で十日は過ごせる。

静岡へ行った折、競輪場を見たかったが、時間が取れなかった。

当たり前だ。仕事だものナ。

これまで何度か小説、エッセイ、紀行文などのために旅へ出かけたが、取材の折、私は小紙を数枚持って行くだけで、カメラやテープは持たない。

自分の目で見て、それで記憶するだけである。

撮影した写真で、あれこれというのは、いざ文章にする時にはかえって邪魔になる。

脳裏《のうり》に刻まれないものを小説、文章にしても、それはどこか甘さがあるのではないかと思っている。

日本のウイスキーの水準

担当のH君が、先日、日本の酒造メーカーが、メイン商品の中の二種類のウイスキーの販売を一時停止をしなくてはならなかったことを、酒好きのH君は大変残念がっていて、なぜ日本のウイスキーが世界の中でこんなに支持されているのか教えて欲しい、と言って来た。

——そりゃ、君、日本のウイスキーが美味いからだよ。

とひと言で終ってしまうのだが、まずはどうして、その二種類のウイスキーが一時でも販売停止になったのか、その理由を話そう。

まず酒造メーカーにとって、メインのウイスキーの在庫が危機になるということは、嬉しいことではあるが、企業本来のツトメとしては、これは大問題なのである。

何が問題かと言うと、生産の目算を誤ったということである。

普通なら、サッカーで言う、一発レッドカードに等しい。

ところが自動車やインスタントラーメンのように生産ラインを再構築して、一時期、顧客に我慢をしてもらえるのならいいが、ウイスキー（ワインも同じだが）の中でもシングルモルトは十二年ものなら、今から十二年前に樽に仕込んだものを売り出すので、十二年前に想定した量以上が売れてしまい、在庫の樽が倉庫にほとんどないということなのである。

　これまで日本の酒造メーカーでこんなことは一度も起きなかった。

　それほど彼等の出荷量への読みは緻密《ちみつ》かつ正確であったのだ。

　ただここで考えねばならないのは今から十五年くらい前、すなわち二〇〇三年前後は、今のように大衆がウイスキーに群がる状況ではなかった。むしろウイスキーは〝底冷えの時代〟だった。高度経済成長期には世界でナンバーワンの商品まで生産していたが、ウイスキーの需要が極端に下がっていた。

　それでも生産者は、復活を夢見て想定し、或る程度の生産ラインは保っていたのだが、この七、八年のウイスキー、特にシングルモルトウイスキーの人気は異様な成長をした。

　では日本人がウイスキーに群がりはじめたかと言うと、それは少し違っている。最初にウイスキーが足りない状況が起きたのは、実は外国人旅行者が購買する免税店ではじまったことだった。

それも中国人旅行者によるものだった。

最初は、一時的なものだろうと誰もが思っていたが、これがいつまで経っても品薄状態が続いた。

出荷しても出荷しても品切れになってしまうのである。成田、羽田空港の免税店の棚から、それらのウイスキーがまったく消えてしまったのである。同時期、日本製の化粧品、電化製品にも同じことが起きたが、これは少しずつ解消された。ひと家族に炊飯器がいくつもあってはおかしい。

ところがウイスキーはもともと、商品価値が違っていたのである。

私もウイスキー品切れの時期、上海へ行く機会があり、中国人の家を訪れるのに土産品は何が良かろうかと聞くと、断然、あのウイスキーだという。

――そんなにか……。

驚いたことがさらにあった。

友人の中国人の家を訪ねた（結構な資産家である）。すると応接室の中央に、あのウイスキーが宝物のように飾ってあった。自慢そうにそれを見せられた時、正直、驚いた。

ではその理由を最後に言おう。

私は友人であるその酒蔵メーカーのトップに話を聞いた。

「伊集院さん。正直に言って海外の酒造メーカーは百年前の味覚を百年前と同じ製法で作って売っとるんだよ。企業努力をしないので呆れたよ。日本のウイスキー作りはもう何年も前に、世界の水準になっているんだよ。しかし品薄は少々腹が立つけどね」

これが真実であります。ですからH君、誇りを持って飲みなさい。

第二章　日々想い、言葉を綴る

ミサイル？　それを書けって？


何をやっても上手く行かない時はあるものだ。

そういう時は一目散に、その場所から遁走《とんそう》するのが一番らしい。

私も、その考え方に賛同する。

運には、天運、地運、人運があるそうだ。

天運はえらく上の方から降って来るものだから、人間一人の力ではどうすることもできない。

人運は、その人について回る運だから、すぐにどうこうできるものではない。

地運は、その場所、土地が持っている（ついているでもいいが）運だから、これは場所をさっさと変えればどうにかなるケースがある。

今週は編集部のH君が、北朝鮮のミサイルの問題を書いてくれと言って来た。

「あんなもん、どう書いたって無駄だよ」

と私は思っている。

テレビのワイドショーで北朝鮮のミサイル問題を取り上げて、専門家と称する人が登場して、わかったようなことを言っているが、どの顔もとてもじゃないが、専門家とは思えないし、話を聞いていても、今の状況を勝手に喋《しゃべ》っているだけで、何の解決にも、答えにもなっていない。

先日、日本列島の上をミサイルが通過した時、仙台の家の人たちの携帯電話が警報を鳴らしたという。

――警報が鳴ったから、どうするんだ？　何かやることはあるのか？

何もありゃしない。

さらに言えば、迎撃ミサイルだって、実戦でミサイルを落としたものはひとつもない。

考えてみなさい。ミサイルをひとつ製造するのに、いったいいくらの金がかかると思っているの。

それだけの金を使って、すぐに迎撃ミサイルで射ち落とされる攻撃ミサイルを誰が買うの？

迎撃ミサイルは恰好だけのもので、あれで国民が少し安心してくれればイイと何十億もかけて、武器商人から買っているのだ。

――ミサイルを何に使うかって？

戦争に使うのに決まっている。

他にどこで使うって言うの？

運動会にミサイル射つバカがどこにいる。

戦争は、国と国の喧嘩である。

喧嘩の場合を考えれば、迎撃ミサイルで攻撃ミサイルが射ち落とせないのは子供にだってわかる。

攻撃目標、つまり喧嘩相手にむかって突進して来た者を、気楽に受けて勝った喧嘩など、この世にひとつもない。

ミサイルが飛んで来たら、どうすることもできない。

これが常識の答えである。

女、子供はしっかりした建物の壁や隅に寄って、ひとつ所に集まった方がイイ、なんて本気で思ってる人がいたら、そりゃおかしい。

それでも私は家族から相談されて、

「まあ家の中の大丈夫そうなところで、犬を抱えているんだナ」

「大丈夫なとこってどこですか？」

「そりゃ自分で考えなさい」

「だってミサイルが落ちたら、この家なんか吹っ飛ぶでしょう」

――なんだ、わかってるのか。

「そりゃそうだが、少し遠い所に落ちたらしいなんてことがあったケースですよ」

「遠くってどのくらい？」

「まあ例えばアラスカとか……」

「アラスカだったら避難しなくていいんじゃないの？」

「おい、もうこの話はやめよう。答えが出ないもんを、私たち愚者があれこれ考えてもしかたがない」

「……」

先日、酒場で防衛問題に詳しいと自称している男（新聞記者）が、

「どうも北朝鮮のミサイルの能力は相当悪いらしいってことだ。それを正確につかむために、ペンタゴンもＣＩＡも躍起《やっき》になってるよ」

とさもわかったふうに言った。

「おい、それが正確にわかったら何かが変わるのかね？」

「そりゃアメリカは、ミサイルが十分自国を破壊する能力があるとわかったら本気で戦うよ」

「本気ってのは戦争か？」

「それはわからないが、戦争に近いものだよ」

「おいおい、戦争に近いも遠いもあるか。戦争は戦争だよ。そうなったら朝鮮半島は全域が戦場になるよ。半島が戦争になれば日本もそうなるのは当然だよ」

「そこなんだよ。そこが問題なんだよ」

「何が、そこが問題だ。ナイフひとつ持ったことがない男に何ができるんだ。まあ座して死を待つだナ」

「そりゃ嫌だ」

「なら一目散に日本からおまえ一人逃げることだ」

「家族がいるよ。第一、仕事もあるし……」

「おまえはバカか。戦争がはじまったら仕事なんぞ皆吹っ飛ぶんだぜ」

「じゃあどうすればいいんだよ？」

「ほら、そこに行き着くだろう。防衛問題なんぞに詳しくたって何の役にも立たないのが戦争だ。そうならぐずぐず考えるより、そうなったらなった時のことで、生き抜いてやるってこころ構えがありゃいいんだ」

「こころ構えだけでいいのか？」

「他に何かできることがあるのか」

「………」

「だったらせめて家族、周囲を不安がらせないことだ」

「それでいいのかナ〜」

この酒場での会話を思い出しながら、H君が北朝鮮のミサイルについて書いて欲しいと言って来たことがどのくらいバカらしいテーマか、先に言ってやるべきだと思った。

世間には昔から考えてもどうしようもないことがヤマほどある。

答えが出ないことの方が、実は私たちが生きている社会にはあふれているのだ。

大人の男の一人一人が、その時どうするかを考えていれば、それでいいのである。

新刊『琥珀の夢』のあれこれ

ひさしぶりに大阪に出かけた。
書店でのサイン会である。
去年の七月から一年と数ヶ月かけて新聞で連載していた小説を上梓したからだ。
私の小説では二度目の実在した人物をモデルに書いた作品である。
五年前に、明治の文人であった正岡子規と畏友の夏目漱石の友情の話を書いた。
『ノボさん』というタイトルの作品で、出版すると何やら評判も良く、この時代、
私の小説にしてはよく読んでもらえた。しかもこんな年齢になって、文学賞まで
頂き、関ってくれた編集者も喜んでくれた。
次に書くなら、吉田松陰かと、この十数年、取材を続けていた。
そんな折に、新聞連載の依頼があったので、数ヶ月、全体の構成をしてみたが
上手く行かなかった。
松陰の思想が幕末から明治へ変遷する時の決定的思想になり得たかどうかが曖

味であったからだ。

それを見つけるのは、資料や史実の中で見つけると言うより、私の歴史観を、さらに掘りさげねばならないのだろうという結論になった。

十年以上、取材を続け、資料を紐解いて、このざまかとつくづく自分に呆れ果てた。

そんな折、酒造メーカーのサントリーの創業者、鳥井信治郎の逸話をいくつか耳にし、関係者に話を聞くうち、この人物がどのような生き方をしたのか興味が湧いた。

さらに調べてみると、これが予期した以上に、人間味があり、現代人から見ると大変な苦労をしていることがわかった。

何より興味を引いたのは〝陰徳〟という考え方だった。

〝陰徳〟とは字のごとく〝徳をするのに陰でなせ〟つまり誰かを助けたり、施《ほどこ》しをなす時、その行動を表には決して出さず、善を成したなどと思ってはいけないということだ。

その教えを、彼が死してからも、のちの人々にずっと厳守させているというのである。

東日本大震災の折、この会社は震災直後にすぐに東北三県の知事のもとに多額の現金を持って行っている。しかもその行為を〝陰徳〟、すなわち公表せず（一部新聞が数行の記事にしたが）とした。

それから二ヶ月が過ぎると、ボランティアの人が、私の家の近所にもやって来て、初夏の暑さの中で汗を掻いて挨拶をしてくれているのを見て、黙々と残土を運ぶ人々の姿にこそ〝陰徳〟があるのだと思った。

だから、そのあとから、やれ二〇〇億を寄附すると大々的に発表したり、元ニュースキャスターが二億を寄附したとかがマスコミの話題になっているのを見て、

――金があるのはわかるが、あのボランティアの人々の汗とは何か違いがあるナ……。

と妙な疑問を抱いた。

たしかに多額の金を救援のために寄附するのは素晴らしい行為だが、あそこまでこれみよがしに発表するのはどうなのか？　と思った。

しかもその金はすぐに現地には届かなかったと聞き、余計に疑問を感じた。

そんなこともあって〝陰徳〟を商いをする上でのひとつの柱としていた鳥井信治郎はいかなる人生を送ったかにさらに興味が湧いた。

あの〝経営の神様〟と呼ばれた松下幸之助が丁稚《でっち》修業をしていた少年時代に、鳥井信治郎に頭を撫でられ、

――いつかこういう商店主になりたい。

と思ったという逸話や、関東大震災の折、東京の大問屋の國分勘兵衛商店を助けるべく大阪から船で焼け野原の東京へ入り、勘定など後回しだと言って、商品を届けたという逸話などが、〝陰徳〟を受けた人たちの口から語られているのを知って、

――鳥井信治郎は明治、大正、昭和を生きた商人の中で、傑出した人物である。

と確信した。

それが、この小説にむかうようになった段取りである。

タイトルは『琥珀《こはく》の夢』。

私が少年時代、ウイスキーのあの飴色のような色彩を〝琥珀色〟と表現して、サントリーは宣伝をしていた。

実は同時に〝琥珀色〟はもうひとつの飲料の理想の色合いでもあった。

連載をはじめると、思っていたよりスムーズに進んでくれた。

十三歳で丁稚奉公に入り、二十歳でちいさな商店をはじめ、そうして今日、売上高二兆円を超す大企業になった会社の、第一歩、二歩……が、こんなに苦労の連続であったことが、書いていて面白かった。

連載をはじめて半年が過ぎると、酒場や、街中で、見ず知らずの人たちから、

「読んでますよ。毎朝、楽しみです。頑張って下さい。今日から酒は信治郎のウイスキーに替えたよ」

と声をかけられた。

こんなことは今までなかった。

執筆の励みになった。

私は企業小説を書く気持ちはさらさらなかったし、その証拠に文中、売上げや金額の数字はいっさい入れなかった。

私が書きたかったのは、鳥井信治郎という一人の人間につきた。

こんな資源もない狭い国土の日本が、日本人が、今も世界の中でいつも注目され、経済力すなわち国力を持ち続けているのは、明治、大正、昭和の時代に、鳥井信治郎と同じ生き方をした人間が大勢いたからであると私は信じている。

日本人とは何か？　が書けていればこの小説を書いた意味はおのずと出てくるだろう。

大阪のサイン会はたくさんの人たちが来て下さった。

夜はひさしぶりに『チルドレン』で、東京から大阪に戻ったスポーツニッポンのレース記者の雷蔵こと古川君（いや出世したので君ではなく殿か）と競輪の話をした。

私は今、少し競輪から離れることにしているが、現場の話はやはり面白かった。

阿佐田、色川の二冊の新刊

週末、仙台に戻って少し本棚の片付けをした。

片付けと言っても、もう置いておく必要のない本を出すだけである。

〝ツンドク〟と呼ばれる本があると何年か前に聞いて、何のことやらわからず編集者の一人に尋ねると、

「それは本を購入して、いつか読もうと思っているのだけど、まだ読めずに置いてある、積み重ねてある本のことで、〝積読〟と言うんですよ」

――ナルホド……。

そういう本なら、私の手元にも何冊かあると思った。

今回の片付けで、そのツンドクもかなり片付けた。

読んでなかった本の購入した年月日を見ると、二十年前のものもあった。

奇妙なもので、その本をどこの本屋で、どこの古本屋で、いつ、どうして購入したかがよみがえる。

その時は、この著者の、この本が必要だと思ったものもある。それらはすべて処分した。

逆に著者は知らぬが、読んでみようと思った本は取っておいた。

知る必要のないもの、読んでもおそらく何も得るものがないことが見えてくるから不思議だ。

そんな時に二冊の本が届いた。

著者名は二人だが、同一人物である。

『三博四食五眠』阿佐田哲也著。『戦争育ちの放埒病』色川武大著（どちらも幻戯書房が出版元）。

言わずと知れた〝麻雀の神様〟で週刊大衆にコミック『麻雀放浪記』が連載中である。そして私の文学の先生でもある。

『三博四食五眠』を少し読んだが、元旦からカレーライスを自分でこしらえて大皿二杯食べて気持ちが悪くなった話や、競輪場の食堂の味のことなどが書いてあり、十分に面白い内容だった。

『戦争育ちの放埒病』の方も楽しみである。それにしても、阿佐田哲也と色川武大で文体が微妙に変えてあるのを読むと、この方はやはりタダ者ではなかったのだと、あらためて思った。

この本を読みながら音声を消してテレビを点けていたら、そのチャンネルで自転車競技のワールドカップの様子が映し出された。

最近の大会だろう。女子がスプリントで3位に入って大喜びをしていたが、外国人コーチは、この3位はボーナスみたいなものだから、と冷静に話していた。

――そうか、まだまだレベルは低いんだ。

男子のKEIRINに河端朋之、今や日本の競輪ではトップに君臨する新田祐大が出場していた。

予選で二人ともあっさり敗れ、新田の方は敗者復活戦で巻き返し、決勝進出したが、イイところなしで6着（7人しか出走していない）だった。新田にしてこのありようなのだから、オリンピックも大変なのだろう。そう案じていたら、今朝の新聞が脇本雄太がチリ開催のワールドカップのKEIRINで優勝をしたと報じていた。

オリンピックを目指しているのだろうが、どういう状態なのか、さっぱりわからない。

毎年、外国人選手がやって来て、日本人選手とレースをやるが、まるっきり歯が立たないし、あれは外国人選手に定期的に金を与えているようなものだろう。彼等は数ヶ月日本に滞在して、何年分かの収入を持って帰るのだろうから、あの外国人招待レースの意味が、私にはまったくわからない。あの賞金も、勿論、私たちが車券で払った金から出ているわけだから、もう好き勝手にやられとるってことと違うのかね。

当初は外国人選手の招待レースは世界の中でKEIRINを認めてもらうとか、オリンピックの種目に採用してもらうとか、意味はあったのだろうが、今は何があるのか、さっぱりわからない。

「それはKEIRINがずっと世界の中で大切な競技であると認識してもらうためですよ」

だったら、そんな手のこんだことはせず、まとめた金を協会本部に渡したらいいんじゃないのかね？

私はオリンピックというものに、まったくと言ってもイイほど興味がない。子供の頃からそうだった。

なぜ興味がないかと訊かれても、メダルを取ることが、それほどの名誉などとは思えないし、第一、名誉というものが怪しいものだと思っている。

私の父も、オリンピックに無関心だったし、彼がオリンピックの話をしたのを聞いたことがない。私が思うに、仕事もしないで、スポーツ（おそらく父はスポーツということさえよくわからなかったと思う）なんぞに明け暮れて、それで大人が済むはずがないと思っていたのだと思う。その証拠に、私の長姉にプロ野球選手（彼は現役のジャイアンツの投手だった）が、彼女を嫁に欲しいと申し込んで来た時、

「君はいつまで、そんな遊びのようなことをしているんだ？」

と激怒したような顔で聞いた。

だから私が、プロ野球に入団して金を稼ぐようなことをチラッと洩らした時、父は激怒した。

「二度とそういうバカなことを口にしたら許さんぞ」

父にとってスポーツをして金を稼ぐというのは、おかしい以外のなにものでもなかったのだろう。

その影響なのか、この頃、サッカー選手や、メジャーの野球選手が何十億もの契約金を得たなどという記事を読むと、

——世の中は間違ってる。
と思うようになってしまった。

休日の読書は

今週号が店頭で発売されている頃は、日本はゴールデンウィークで大半の読者が長い休みを取っていたか、もしくは休まざるを得ない日々を送っていたと思う。

私は二十歳を過ぎたあたりから、休日を取ったことがない。

いつも仕事か、何かに追い回されていた。

同年輩の若い男たちが、皆と一緒に休日を楽しむために出かけて行く姿を見て、それは少しは、

——どんな時間を過ごすのだろうか……。

と羨望を含めた気持ちで眺めたことがなかったわけではない。

しかし現実にやらねばならないことが目の前にあり、不器用な私はそれにむかって行くしかなかった。

今思えば、その不器用さと、目の前にある仕事やら、何か他のことが同年代の若者より、なぜか多くあったことが幸いしたかもしれない。

人は持って生まれた環境、そこからどう育って、その時の年齢によってどんな立場にあるかで、それぞれの生き方は違って来るし、

——違って当然なのが世の中というものである。

実際、行楽地という場所に出かけたことがなく、たまたま通りかかった場所で、若者が楽しそうにしているのを見ても、

——あんなことをして何が楽しいんだろうか？

としか思わなかった。

そんな発想をすることがすでに変わった人間（偏屈者）なのかもしれないが、私はそれを変わっていると思ったことは一度もない。

同時に、私と同じ考えを持っている人間は世の中にかなりの数いると信じている。

例えば、ディズニーランドへ出かけて、いったい何を見るのだろうかと思う。

ミッキーマウスだろうが、白雪姫だろうが、御伽《おとぎ》の国だろうが、アドベンチャーだろうが、そんなもの見りゃそれでおしまいで、乗り物に乗ったところで周囲の者が悲鳴を上げるのを聞くだけのことではないかと思ってしまう。

そんなことをするなら、安いチケットを買い、どこか砂漠を歩けるだけ歩いた方が、よほど面白いように思うし、金がないのなら、どこか競輪場でも、競馬場

でも、競艇場へでも行って半日、賭けなくともただ見ている方が、私には楽しいのではないかと思う。

私が思うに、大勢の人が集まったり、群れる場所へついつい出かけるという行動は、あまりよろしくない。

そこへ行ってもロクなことはない。

ではなぜ人は皆が集まったり、何かをしている所に、身を置くかと言うと、それは、安堵、安心を求めるからである。

しかしその安堵、安心も、いっときのものでしかない。

休日をあなたがどう過ごしているかは知らないが、人と同じ行動をしていると、疲れるだけである。

そこで本誌の担当のS君とH君は、

「伊集院さん、休日に読書でもしようと思うのですが、何かオススメの本はありますか？」

と訊いて来て、それを書けという。

他の週刊誌などで、

「あなたはこれまでどんな本を読んで来ましたか？」

「あなたの愛読書は何ですか？　できれば教えて下さい。ランクを付けてもらって結構です」

といったアンケートをよく目にするが、少しは名前を知っている人間が紹介する本を見てみて、

「くだらんものを読んでるナ。バカじゃないか」

と思ってしまう。

たいがいは名著と呼ばれるものが並んで、いかにも自分はこういう本をこれまで読んで来て、どうだ？　頭がいいだろう、と言わんばかりである。

またそんなものを真に受けて、その本を買いに行き、読みはじめるバカもいる。

名著などというのは、読み辛いし、読んで面白いものなどほとんどない。

読書というものは、人が考えているより厄介なもので、読みはじめるとわからない箇所が次から次に出て来れば、それは案外と良書であるのだろう。

ところがわからないところを、どうわかったらよいのかが、わからない人が大半である。

——そんな時はどうするか？

いったん放り出すのがよろしい。

「放り出したままですか?」

バカを言いなさい。せっかく一度は読もうとしたものだから、少し時間を置いて、また読めばいいのである。そんな類いの本は、私の仕事場の隅にいくらも山積みになっている。

「どのくらい時間を置けばいいんでしょうか?」

半月の時もあれば、半年、二年、三年でもかまわないし、三十年、五十年後でもいいというのが、私が考える読書法である。

奇妙なもので、若い時はわからなかった箇所が、ああ、そういうことだったのか、と理解できるようになるのが本というものだ。

「もし五十年後でもわからなかったらどうすればいいんでしょうか?」

それは簡単。

――私はバカだったのだ。

と自分のことを知ることができる。

というわけで、本屋へ行くもよし、旅に出るのもよし、ただし思い立ったらすぐに立ち上がるのが人間行動の初期の重要な点である。

いけない！　スナック友達

このところ漱石（夏目）についての本を読んでいるのだが、漱石と言えば、誰もが認める日本を代表する文豪として、名作を残し、私たちが教科書で見た、頬杖をついて、少しもの思いに耽《ふ》ける写真の印象から、どこか気難しく、神経が鋭敏な大先生に思えるが、彼の子供の頃からの行動、その度々《よりより》話していたり、書き残しているものを、よく見て、読んで行くと、これがなかなか面白い人物である。

一言で言えば、ひどく人間らしさを持ち合わせた人であったことがわかる。

学生時代から秀才であることはあったが、きちんと落第もしている。

勉強の虫でもない。

その証拠に、子供の頃は、母親や周りの人から言われている。

「学校へきちんと行かずに、どこかで道草ばかりしてんじゃないよ」

道草と言っても、漱石が生まれ育ったのは、新宿の牛込である。

東京のど真ん中だ。

江戸っ子なのである。

江戸っ子の気質は、火事と喧嘩が好きと言われるように、野次馬根性のようなところがあるし、粋なものを、金がないのに好むところがある。

少年、漱石（正確にはずっと金之助である）はどんな道草をしていたか？

これが、〝寄席通い〟であった。

「本当ですか？」

と思われようが、漱石の寄席好きはかなりのものであった。

「少年が寄席へ通う？」

当時は、そんな少年はゴロゴロいたらしい。

漱石が生まれたのは慶応三年だから、翌年がもう明治に入る。

しかし江戸から東京になったからと言って、急に何もかもが変わるわけではない。

江戸庶民の暮らしは、昨日と同じだった。

昨日と同じとは、江戸がそのまま残っている。

江戸後期、寄席は、各町内にひとつくらいあった。大きな町（日本橋とか京橋）では町内に何軒かの寄席が、小屋があったのである。

漱石の生まれた牛込にも〝和良店亭《わらだな》〟という寄席があり、彼の兄さんたちが寄席や芝居好きだったので、最初は連れられて出かけたのだろう。

ものごころつくと、一人で通いはじめた。

落語より、講談が好きだったらしい。

自分の著書で恐縮だが、以前、『ノボさん』というタイトルで正岡子規の生涯を本にした。

子規と漱石が出逢うきっかけになったのも寄席である。

漱石の文章の、あの独特の〝間〟や呼吸の具合いは、もしかしたら寄席で見聞したものが影響しているのかもしれない。

――いや、おそらく間違いない。

御茶ノ水の常宿が工事中のために神楽坂にあるホテルに入ったのだが、ここが漱石の生家、遊んでいた場所に近いので、何やら本を読んでいても実感があるのが面白い。

――漱石は面白い人だナ。

と何度も思う。

週が明けると、梅雨明けでかなり暑くなった。

暑い時には、部屋の中でじっとしているに限る。

部屋で何をするか？

「テレビを見てるんでしょう？」

違う。テレビはほとんど見ない。

「じゃずっと仕事を？」

まあそんなところだが、競輪のレースも点けっ放しで、インターネットで見ている。

先々週から、漱石も読んでいるが、現代作家の作品も読んでいる。

『いけない』という面白いタイトルの小説である。

これがなかなか面白いし、興味深く読んだ。

著者は道尾秀介さんである。

道尾さんと私は、かつてスナック友達であった。

浅草の片隅にある現役の芸者さんがやっていたスナックである。

当時、芸者さんはお座敷だけでは暮らしてイケナイ人が大半で、お座敷がない夜は、店でテキパキと切り盛りする。

どういうわけか、浅草へ週に一度遊びに行っていた時代があり、その頃、知ったスナックだ。

ちいさな店だった。

そこにウイスキーのボトルを置いた。

するとほどなくして、そのボトルの隣りに〝道尾秀介〟という名前が記してあるボトルが置かれていた。

「あれ？　このボトルはもしかして作家の道尾秀介さんのもの？　同姓同名だけど」

「そうですよ。道尾さんのボトルですよ」

顔が浮かび懐かしかった。

私は自分が選考の末席にいる或る文学賞で、道尾さんの作品に触れた。

最初が『カラスの親指』。次が『月と蟹』である。

どちらも素晴らしい作品だった。

今週はその道尾さんと〝女子会〟ならぬ〝男子会〟もどきをやる。

楽しみである。

私はあまり人と逢わないので、少し緊張もしている。

SUNT　　SKY
SP　　ALITY
SUNTORY OLD
WHISKY
Product of Japan
Blended and Bottled by
SUNTORY LIMITED

車窓で思ったこと

週明け、東京を直撃した大型台風がやって来た午後、新幹線で仙台から、東京にむかった。

仙台にむかっていた台風の進路が外れて、電車は遅れることもなく走っている。

車窓から見える空の青と雲の白銀色がまぶしい。

私は電車、飛行機、バス、船、車……、どの乗物に乗っても、窓側の席に座り、ずっと流れる風景を見ている。

東京－新大阪の二時間半でも、羽田－シャルル・ド・ゴールへの十二時間でも、歯医者までの飯田橋－阿佐ケ谷の二十五分でもである。

飽きることがない。

いろんなことを流れる風景を眺めながら、考えられるのもイイし、風景そのものにも目がむく。

だから今年の初夏、フランス、イタリアに出かけた時、飛行機のシートが窓辺ではなかったので、ガッカリした。座っていたら、段々腹が立って来て、このシートを予約したプロダクションとは二度と仕事はすまいと決意した。

仕事がはじまる前から、二度と仕事はしないと決めてかかったのだから、上手く行くはずがない。

仕事はテレビの番組で、私が一人でルネッサンスの画家（特にレオナルド・ダ・ヴィンチだが）と作品を紹介している。

今年の暮れに放映するそうだが、どうなることやら。

電車に乗っていると、日本が北から南に長い国土だとわかる。

一度、海外からの到着の空港が九州になり、もうイイ加減に飛行機はうんざりだと思って、新幹線で福岡から仙台まで帰った。

季節は春で、九州の桜はすでに散りはじめていた。それが広島、岡山あたりは満開で、大阪、京都は七分咲き、名古屋、静岡は五分咲き、東京は二〜三分咲き、東北新幹線に乗り換えると、大宮、宇都宮あたりはちらほらしか開花が見られない。

仙台が近づくと、まだ咲いていなかった。

開花していない桜に、福岡の花びらが落ちつつあった桜が重なり、

――いや、何か時間旅行をしたような気分だナ。

と思ったのをよく覚えている。

電車に乗っていて、珍しい人と出逢うこともあった。

何年か前、一人で早くにシートに座り本を読んでいたら、隣りの席に、やけに陽に焼けた男が座って来た。

私が座っていたシートは前が壁になっていた。

すると男はいきなりその壁に両方の足を上げて、靴底をペタリと壁につけた。

柔軟体操でもしているという感じだった。

私は夢中で本を読んでいたので、指で相手の靴を指し示して、

「コラッ、行儀の悪いことをするんじゃない！」

と叱った。

男はすぐに「ソーリー」と言って足を下ろした。

――わかれば、それでよろしい。

と私は男の顔を見て、笑ってうなずいた。

男も笑い返して、また「ソーリー」と言った。

「何度も謝らなくともよろしい」

と言おうとして相手の顔を見るとどこかで見たことがある。サッカーのペレだった。

——どうしてペレがこの電車に？

翌日、スポーツ新聞を見ると、ペレがブラジルでのサッカーワールドカップの名誉大使になり、日本を訪れ、東日本大震災の被害を受けた地域を訪問したことが記事に載っていた。

もしかして、この出逢い、この連載で書いたか？

だとしたら、ペレが柿ピーを手の平に山ほど乗せて、いっぺんに口に入れたのも書いたかもしれない。

まあ面白かったので、かんべんしてもう一度読んで欲しい。

東北新幹線で仙台から上野へむかうと、途中、大宮駅の手前で富士山の姿が見える時がある。

たいがいは空気が澄んで、雲が湧き上がらない一月から二月の晴天の日だ。

よく夕陽に染まった富士山を〝赤富士〟と呼ぶが、あの山の形状がそのままそこだけ赤い三角形で浮き上がっている姿はまことに美しい。

大宮を過ぎると、途中、戸田のボート練習の川が見える。真っ直ぐの川でプールのようだ。

これも書いたかもしれないが、東海道新幹線で静岡駅を過ぎて二十分くらい走ると、いかにも大きな魚が釣れそうな池が大阪にむかって左側に見える。見えてほんの数秒だが、一度釣りに行ってみたいナ、と見る度に思う。

同じ東海道新幹線で、蒲郡《がまごおり》の街を見るのも好きだ。これは東京へむかう時の方が良い。

手前にみかん畑か何かの低い丘が見えて、そこから海が見渡せると、海沿いの旅館のようなものが見える。

ちいさな街なのだが、波止場もあり、対岸というか北西側にまた温泉旅館のようなものが淡く浮かんでいる。

長く新幹線に乗って、或る時期はサラリーマンであったし、或る時期は演出家だったし、或る時期はギャンブラー同然だった。

その長い間で、蒲郡になぜか想いを抱いたことが、私にとっては興味がある。もしかして、この先、一生この街に降り立つことはないかもしれないが、数十年間、ここを電車で通過する度に、そう思っていた。

電車や乗り物に身を置くだけで、あれこれ考えて来たのだナ、とあらためて思った。

ヤマにむかう予感

このところ若い人にむけて、どうやって生きて行けば、人生の途中でおかしなことにならないかを、自戒を含めて書いている。会社での仕事やら、恋愛やら、上司、お得意さんとのつき合い方、接し方など、勤めたことがわずかしかない私が書いているのだから、かなりイイ加減なものではある。

そこでギャンブルのことに少しふれて欲しいというので、これまでやって来た自分のギャンブルを振りかえってみる作業をしてみた。

そこでいくつかのことに気付いたので、そのことをつらつら考えながら書いてみる。

これまでいろんな種目のギャンブルをやって来たが、勝ちパターンというか、どうも、こうやる方がギャンブルはシノギ易いのではないかということに気付いた。

以前も、この連載で書いたことだが、ギャンブルでプラスの領域に入るには、それまでに自分でこしらえたフォームを崩さずに辛抱していると、やがてプラスの領域に自分が入りそうだという予感がして来る。

この予感の説明が難しいのだが、

――おや、これは攻めても大丈夫だぞ……。

というか、

――おっ、これは前にも同じパターンがあったぞ。

というようなものだが、その予感がすると、大半のケースがプラスになっている。

ただこれだけ長くギャンブルをやり続けていると、その予感がしていても、マイナスの領域になだれ込むのではないかと、慎重になっている自分がいるのもたしかである。

ただその予感が、どのようなケースで起きていたかを、記憶をたどりながら考えてみた。

ひとつの例をあげると、二十数年前、私は一年の半分をヨーロッパに滞在して仕事をしていた。

忙しい日々であったが、仕事が休みになると、ヨーロッパ各地のカジノへ出かけた。

種目はルーレットである。

今でこそカジノの花はバカラであるが、当時はまだルーレットがカジノの賭けでは花形であった。

週末、モナコ、ドーヴィルといった高級リゾート地のカジノには、金をワンサカかかえた猛者《もさ》がやって来ていた。

一番の上客はアラブの連中で、これは賭ける金額が違っていた。

その夜の、ヤマ（佳境に入ること）がやって来ると、高レートの台では張った金（つまり置かれたチップの額）が、一億をゆうに超えていた。

私の記憶が正確なら三億〜五億の勝負の局面もあった。

それぞれのゲストが、彼等が鍛《きた》えたやり方で張って行くのだが、ヤマが来る時は、その三十分くらい前から出目がかたよりはじめる。

勿論、それはシューターの腕もあるのだが、自然と張りがふくらんで行くのだ。

そのふくらみはじめた流れにまず自分が乗れなければ、話にならないのだが、その流れを作るのはカジノ側（つまりディーラーのチームの加減でもあるが）とゲストの両者である。

――客が整うのだ。

妙な表現に聞こえるかもしれないが、その夜、そのカジノへ勝負に来ている連中が同じ台に集まって来るのである。

客が整ったかどうかは、盤上の張り駒（チップ）の表情を見れば一目でわかる。場が、ピアノ線でも張ってあるかのようにふくらんで行く……。

ギャンブルが暮らしの一部、いや大半であったことを経験した人なら、あの張り詰めた空気感ほど興奮するものはない。

世の中の、他のことなどどうでもよくなる。

私は十年近く、一年の稼ぎの大半を手にカジノへ通った時期があった。

あれほどときめいた時間はなかった。

話が逸れたので本題に入るが、ヨーロッパカジノのルーレットはアメリカと違って、〝0〟がひとつしかないし、数字の並びも違う。

勝負をしている客は彼等が懸命に学んで来た独特な張りをする。

基本はゾーンでおさえて行く。ただそのゾーンのパターンをいくつ持っているかと、或るタイミングで（勝負処で）それまで張っていた網を、瞬時に切り替えられる能力があるかないかにかかっている。同時に張り駒のパターンを自在に変えて行けるかが大勝できるかどうかの分れ目になる。

ヤマが近づくと、その夜の〝キイとなる数字〟が必ずあらわれる。一見何でもない数字に見えるが、その〝キイとなる数字〟を中心に勝負処が少しずつ狭くなって行く。

そのキイの数が、或る瞬間にたしかに見える時がある。

それが見えた時は、ほぼプラスの領域に入ることができる。

あとはどれだけ押し出せるかである。いったん押し出せば、無謀、無茶という言葉は論外となる。

——その瞬間のために、一年踏ん張って来たのだから……。

その数字が見えるというか、或る種の予感のことが、今回、自分のギャンブルを振りかえってみて、よみがえった。その記憶を丁寧に思い出してみた。

すると、どうもそれは私がそれまで打ち続けたひとつの線上に、その予感があるのではということに気付いた。

その予感は決して、その夜に降って湧いて来たものではなかった。すべては私が打って来た賭ける行為の中にあったのである。

――記憶の棚の中から、予感はごく当たり前にあらわれるのだろう。記憶の整理をきちんとしておかねばならないのである。それを少しやってみよう、と仙台の深夜に思った。

今回の話は少しわかりにくかったかもしれないが、いずれもっとシンプルに説明ができれば、と思う。

小説を書く前に

先週、東京の丸の内にある書店で本誌で連載した小説のサイン会をした。年に一、二度やるサイン会なのだが、三十数年前から、私の著書を買って下さる人たちが、遠い街から仕事を途中で切り上げたりして来て下さる。人によっては、中学生の時に初めてサイン会に来てくれた娘さんが、今は結婚して、子供までいる人もいるし、サイン会の列に並んでいた同士で結婚してしまった人もいる。

大半が顔見知りで、逢うと、どうしていたのだろうか、と心配もあり、元気でいてくれたのだ、と喜びもある。

私は気取ったり、斜に構えることができないので、ひさしぶりに逢うと、

「元気だったの？　どうしたかね、仕事の件は？」

と声をかけてしまう。

それが結果として、百人余りの人のサインで、二時間を超えてしまう。

その間、待っている人は大変だと思うし、少し自己嫌悪にもなる。

その結果、サイン会はなるたけしない方がいいのではと思い、どうしてもとい う時しか、しなくなった。

待っている人も疲れるだろうが、私もサイン会が終るとくたくたになってしま う。

ところが来て下さる人の話を聞くと、年に一度、逢うのが楽しみだから続けて くれとおっしゃる。

どうしたらいいものかと、考えこんでしまう。

何か良い方法はないものか。

サイン会が終って、担当のS君、H君に、今回の小説を分解して、構成してく れたA氏の四人で銀座で一杯やった。

年内に本誌で小説を書きたいと思っていたので、その話をすることになった。

私は少し自分の小説をはじめるにあたっての話をした。

「最初から、ストーリーも、構成も、最終シーンもできている小説は実際書いて みると、実につまらない作品になってしまうんです」

その話を聞いて、若い二人は意外な顔をした。

ベテランのA氏はうなずいていた。

「どうしてですか？」

若い二人が訊いた。

「さあ、どうしてなんだろうかね。私にもよくわからない。でもひとつだけ言えるのは、これまで書いたどの小説も、不安というか、果してこの作品は最後まで書けるんだろうかと、ひと文字、ひと文節を手探りで進めて行った方が、何かとぶち当たることが多いのはたしかなんだ。ずっとその理由がわからなかったのだけど、もしかして、不安や恐れの中にしか核心は潜んでないのかもしれないね……」

二人に私の話が理解できたかどうかはわからない。

話したとおり、小説を書く、作るという作業、仕事はやはり大変なのだろうと思う。

他人事のように話しているが、新人作家の作品などを読んでいると、

――ああ、この章で、この一文で、この人は苦労をしたのだろうナ。

と思える箇所をよくみかける。

そのことを察知すると、どこか同志というか、戦友のような気持ちになる。

小説雑誌や、新聞の新人賞の選考に携わっているが、奇妙なもので、どうだ俺の小説の力を見せてやる、というものはすぐに伝わって来るし、その気概《きがい》は苦笑するしかないし、嫌味にさえ感じられる。

それとは逆に、不安、恐れ、苦悩が伝わって来ると、少々拙《つたな》い作品でもどこかに良い所はないか、と懸命に読んだりする。

そういう人はたとえ、その選考会で落選しても、必ず最後に良い作品を仕上げて来る。

それは謙虚という感じとは違う、どこか小説に対峙する時の、人の微小さのようなものに思える。

小説の話を終えて、ギャンブルの話になった。

プロの麻雀打ちの前原雄大さんが鳳凰《ほうおう》戦で連覇をした話題になり、決勝戦の前に彼と少し話をしたことを言った。

「何を話されたんですか？」

「いや何となく……。どんなに大差で勝っていても、今回は必ず接戦の状況が出るから、あわてないように、軸がぶれないように打った方がいいでしょう、とね」

実際、そういう状況になり、そこを乗り越えたという報告が、彼から入って、良かった、良かったと思った。

ギャンブルで勝つということは、麻雀なら百点差でいいのである。勝ちに、大勝も、僅差《きんさ》の勝利もないのである。

それは競輪、競馬などのギャンブルにも言えて、大金をせしめるだけが目的なら、ギャンブルなんぞしない方がいい。

株でも、相場でも、ビットコインでもやった方が、今はイイ。

「ずいぶん長い間、ギャンブルをして来たけれど、的中する時は、買い目が少ないものです」

競馬好きのS君が大きくうなずいて言った。

「私の経験からもそう思います。それって、どうしてなんですか?」

「正確な理由かどうかはわからないけれど、買い目の点数を絞れるということは、その勝負への勘が鮮明なんだろうね。言わせて貰えば、勝ちの道、よく言う〝ビクトリーロード〟が見えてるんじゃないのかね」

読者の中にも、買い目が少ない方が、よく的中しているという経験を持つ人は多いと思う。

麻雀でバラバラの配牌が来た時、どんな手牌も五巡目でテンパイできるのだから、その一見バラバラに見える牌の、どこに〝ビクトリーロード〟があるのかを、真剣に考えれば、まず大きなマイナスになることはない。

キャンディ・キャンディ

ひさしぶりに海外へ仕事で出た。

テレビのドキュメンタリー番組に出演するためである。

以前はよく海外へ出ていたが、行かなくなったのは日本での仕事が忙しくなったことと、やはり頻繁に起こり続けたテロ事件のために、家族が危険なことを望まなかったからだ。

家族と言っても、家人と数匹の犬しかいないのだから、彼等がそう希望すれば言うことをきくしかない。

初日、パリの市内を少し歩いてみたら、三ヶ月前にパリ市内で起きた大きなデモと警察隊が衝突した際の暴動で襲われた店々のガラスがまだ割れたままの状態だった。

日本食レストランも狙われたらしく、ガラスが壊れたままで営業していた。

テレビの番組はイタリア、ルネッサンスにおけるレオナルド・ダ・ヴィンチの軌跡を辿るものだ。

少しダ・ヴィンチのことを勉強しておこうと、二日目の午後からルーヴル美術館へ出かけた。

午前中はどこの美術館も空いているのだが、生憎、午後になった。予測をしていたが、異様な数の入場者だった。絵画などほとんど見ることができない。

ダ・ヴィンチ作の『モナ・リザ』など、あのちいさな作品の前に二〇〇人近い人が群がって、額縁しか見えない。

これで高い入場料を取っているのだから、ルーヴル美術館の姿勢を疑ってしまう。

携帯電話、スマホでの撮影も禁止させないと、皆が手を上げている恰好になる。作品を鑑賞なんぞできる訳がない。

昔のことを言っても仕方ないが、『モナ・リザ』は目の前で鑑賞することができた。

そのことはルーヴル美術館のあとに行ったオランジュリー美術館も同様で、モネの『睡蓮』のために建設した建物で、おそらく絵画鑑賞では世界有数の美術館である。

その部屋に入ると、グルリと四方を楕円形の室内の壁に展示された作品が鑑賞できる。

天井から入る自然光も素晴らしく、晴れの日、雨の日、曇りの日で、絵画が放つ、色彩と光と影が変化をする。鑑賞者のこころを打つものが、この展示の仕方でなければならないものがある。

ところが訪ねてみると、満杯とは言わなくとも、三十人から四十人の人が一度に入っていれば、作品はその人影で隠れ、まったく鑑賞できなかった。

オランジュリー美術館の見識を疑った。

パリでは今、プロテニス、いやオープンだからアマチュアでも強者がいれば上位に来られる「全仏オープンテニス」が開催されている。

女子では四大トーナメントを制覇するかと期待された大坂なおみが三回戦で格下にあっさり破れた。

男子の方は、昨日、大逆転で錦織圭《にしこり》が勝った。

今日はナダルとの対戦。

その全仏オープンを日本のテレビが中継しており、その番組のディレクターと、今回一緒にフランスに来ている娘が知人ということで食事をしたが、やはり大変らしい。

こういう人たちがいるから日本でプロの大きなゲームを見ることができるのか、とあらためてテレビ局の人間の仕事の大きさ、辛さを感じた。

パリはいつも利用するシャンゼリゼ通り近くのちいさなホテルに入った。皆、元気である。

三年振りの訪問だが、二十年前と同じスタッフが迎えてくれるのは気持ちが安堵する。

以前はこのホテルにゴルフのクラブを置いていて、時差ボケ対策に、到着した翌日、すぐにゴルフに出かけて汗を掻き、ヨーロッパの太陽の時間に自分の身体、脳を合わせるようにした。

時差ボケの対策はこのやり方が一番よく効く。

日本ではホテルに居る時はほとんどテレビを点けることはないのだが、海外ではテレビは点けて置く。

言葉に慣れるためである。

――そうか、トランプは日本を訪れた後、今度はイギリスを訪ねているのか。

よく動く男だナ。

テレビのニュースの画面に、トランプとエリザベス女王と孫の嫁が映っていた。

第二次大戦の何十周年かのセレモニーに出席するらしい。

たしか、この時期、第二次大戦で〝史上最大の作戦〟と呼ばれた連合国軍のフランス北岸、ノルマンディーへの上陸作戦があった。

以前、この連載でも書いたドーヴィルのカジノの話で、あの街の丘の上には、その戦いで亡くなった連合国軍の墓地があり、カジノ、競馬場の帰り道、勲章を胸からぶら下げた老兵たちを見かけた。

テレビのチャンネルを回していて、

――時代が変わったナ。

とつくづく思った。

チャンネルが八十以上ある。

私が最初パリを訪れた時は、テレビに映るチャンネル数は三局くらいしかなかった上に、午後の三時くらいから六時くらいまでは何の番組も放送していなかった。

それほどテレビは質素な存在であったし、それがやがてその時間帯はアニメーションを流し出した。それが日本で制作した『キャンディ・キャンディ』という女の子が主人公のアニメで、今の五十歳以上のフランス女性は大半が、『キャンディ・キャンディ』を知っている。

局が増えた分、競馬中継もやっていれば、アメリカのテレビ局制作のゴルフ番組もある。フランス人はゴルフをあまりしないから同じ番組を何度も放映していた。

数年前、テレビでルーレット中継をして視聴者が電話、インターネットで賭けられるものがあったが、あの番組はどうなったのだろうか。

時間があればカジノか競馬場へ行ってみたいが、そういうわけにはいかないのだろうナ。

競馬場はどこですか？

イタリアでの一週間足らずの取材旅行を終えてパリに戻って来た。

今はパリの朝七時で、日本は午後の二時くらいか。

昨夕、パリのホテルに着くと、本誌の担当のS君から原稿締切りを伝えるFAXが入っていた。

——ああぼちぼち元の生活に帰らねばならないのだ……。

とS君の文字を見て思った。

「歳を取ると時差がなくなるんですよ」

と先輩が言っていたが、どうやらその言葉は本当らしい。以前なら数日すれば現地の時間に身体が合いはじめ睡眠も摂れて行ったのだが、ずっと同じ時刻に目覚めている。正確に言えば、日本の朝の時刻に目を覚ましてしまうのだ。

前回も書いたが、今回の旅はテレビの仕事で、レオナルド・ダ・ヴィンチの生涯を彼と関った土地、そして作品を鑑賞しながら紹介して行くものだ。

フィレンツェでもミラノでもそうだが街のあちこちにレオナルド・ダ・ヴィンチの文字、顔、作品を扱ったポスターを見かけた。

今年が没後五〇〇年だそうだ。

逆算すると一五一九年に画家は死んだことになる。

亡くなったのはイタリアではなくフランス・パリ郊外にあるアンボワーズという森に囲まれた場所である。

この原稿を書いたら、そこに車で連行されてカメラの前でツマラナイことを話す。それで取材終了。

運動不足で身体がなまったので、一日か二日パリでゴルフでもして帰るか、とゴルフコースに予約を入れようとしたらスタッフに言われた。

「伊集院さんは明日の便で帰国させるように事務所から言われてます」

——何？

「そんな話は聞いてないぞ」

「いいえ、帰国した日が高松宮杯の初日なのでよろしくと……」

「あっ、そう」

——じゃ初日の競輪の予想はどうするんだ？

そう言えばイタリアに居る時、大阪のスポーツニッポンの雷蔵から電話が入り、そんなことを言ってたナ。

「初日、代打ちさせてもらいまん」

「じゃ原稿料を四分の一いただいて下さい」

「いいえ、お借りしていた分があるので差し引いてもらいまん」

歳を取ると、そういうことも忘れてしまうのか……。こりゃ問題だ。

フィレンツェでは着いてすぐにウフィツィ美術館へ行き、ダ・ヴィンチの三作品を見ながら何やらわかったような話をしたのだが、ダ・ヴィンチの初期の名作『受胎告知』はやはり素晴らしかった。

何がどう素晴らしいかを話して欲しいと演出家は要求するのだが、日本語の表現で〝素晴らしい〟と口にしたら、それはもうそれ以上のことは語れんでしょう、と言うと、そこを何とか、と言われた。

仕方がないので、そこを何とか話したのだが、自分で話していて、

――かなりイイ加減なことを話してるナァ〜。

と自分でも呆れた。

絵画でも、彫刻でもそうだが、どう鑑賞するかは個人個人で受け止めることで、イイ作品は見ればひと目でわかる。それが大人でも子供でもである。

どんな時代に、どんな立場で、どう描いたかは、さして重要ではない。

競輪選手でもサラブレッドでもそうだが、目の前を走り抜けた時や、少し遠目で見ていても、あれは脇本だとか、あれはディープインパクトだとわかるのが名選手、名馬であって、ダ・ヴィンチもピカソも一目で彼等の作品とわかる。

絵画が面白いのは五〇〇年前に画家が描いたものを、五〇〇年後に私たちが見ても、

――こりゃたいしたものだ。

と他の画家にはない感動があるところだ。

画家の熱気のようなものまでが伝わって来るから不思議だ。

〝天才、レオナルド・ダ・ヴィンチ〟

などと言う。

私は天才が好きではないし、そういう言われ方をして、その気になっている輩《やから》を見ると、バカかこいつらは、と思ってしまう。

天才と呼んでいいのは、長嶋茂雄と北野武の二人だけで、あとはどうでもよろ

しい。

騎手の武豊君も、時折、そんな表現をされるが、当人はそんなことを微塵も思っていない。

漫画家の赤塚不二夫という人は本当にそういうことの視点が良かった。

〝天才バカボン〟というネーミングにあらわれている。

〝バカと天才は紙一重〟という言葉があるように、天才じゃないかと周囲が感じた人は、同時に、もしかしたら大バカタレかもしれないという常人では考えられない行動をしていたのだろう。

そう考えると、長嶋さんと武《たけし》さんはどうなるのだろうか？

ダ・ヴィンチの生まれ故郷であるヴィンチ村へ行き、生家が残っていると言われ、外観を見たが、どうも怪しい。私はこれまでフランシスコ・デ・ゴヤ、ナポレオンなどの生家を見たが、どれも、こんなところじゃないだろう、と思った。

それでも私はダ・ヴィンチが少年時代に見たと思われるトスカーナの山河を眺めながら、イイ加減なことを語ってしまった。

ルネッサンスの大パトロンであったメディチ家の礼拝堂を見た時、昔の金持ちはどれだけ悪いことをしたのだろうか、と昔も現代も金持ちのありようは変わらぬものだと思った。

ミラノでは『最後の晩餐』を鑑賞した。いやはやたいしたものである。

「ところでミラノの競馬場はどこにあるんですか？」

とコーディネーターの女性に尋ねると、知りません、と素っ気なく言われた。凱旋門賞《がいせんもん》にイタリアの馬が出走しているのを何度か見たことがあるので、ギャンブル好きが多いと思うのだが、ギャンブルを冷たい目で見る人と話をすると嫌になる。

「何が、知りませんだ。最後のバアサンみたいな顔しやがって」

麻雀の神様の借用書

この半年、月に一度麻雀を打つ機会があって、週末の午後から五時間余り打つのだが、これが私の中ですでに古びてしまったように思えた麻雀の打ち方、身体をギャンブルの中に浸らせる面白い時間になった。

半年前に、前々から私と打ちたいという新しく知り合った後輩と、彼の仲間と卓を囲んだ。

雀荘に足をむけるのもひさしぶりだった。

自動卓の動く音が懐かしかった。

東風戦で完全先付けのルールだったので打ち易かった。

ひさしぶりのギャンブルはどんな種目をやっても、単純なミスをしてしまう。そのためには恰好を付けないで、ゆっくり打つことである。

「皆さん、すみませんが、ひさしぶりなので、迷惑をかけるかもしれません。ゆっくり打つことになるので皆さんの普段のスピードに追い付けないと思います。

その時は遠慮なくおっしゃって下さい」

私が断わると、後輩のS以外の二人が目を丸くして、

「いやいや、私たちこそ迷惑をかけるのでよろしく」

と謙虚におっしゃった。

ところがはじまってみると、その二人の打つスピードが驚くほどゆっくりだった。

――気を遣ってくれているのだ。

最初はそう思ったが、打ちはじめてしばらくすると、二人が初心者とは言わないまでも、まだ未熟なところがあるのがわかった。

それでも二人が麻雀がひどく好きなのがわかった。

打っているうちに耳の奥で声が聞こえた。

「伊集院君、麻雀に勝つ方法はただひとつですよ。それは麻雀を覚えたての弱い人と打つことです」

阿佐田哲也さんの声だった。

――そうか、鴨がネギ背負《しょ》って来たと言うことか。

いったんそう思うと麻雀は、奇妙に打ち方が楽になる。

その日は八荘打ってトップ六回でマイナスがナシという状態で、三人に、

「いやイイ勉強になりました」

と言われたが、こちらは手の内がわかっているので、ただツキがあり、手なりで終始しただけなのである。

それから半月もしないうちに三人から連絡があり、またお手合わせをと来た。

実は、その麻雀は同じメンバーで昼間ゴルフをするということがあった。正直、私はゴルフをプレーすると、その日のうちに身体のケアーをしなければ、翌日、身体が痛くてどうしようもない。たいがいはゴルフをした後、ゴルフ場の風呂でかなりの時間、身体をほぐし、体操をするのが日常になっていた。

ところがゴルフコースも朝の一番でプレーをするのだが（早いスタートの方が行きの車が空いているし、帰りの高速道路も混まない）、何しろ無類の麻雀好きのようで、風呂も入らず、すぐに都内に帰り、麻雀を打つのがパターンらしい。

そうでなければ、道路が混みはじめたら、ゴルフ場の近くで、夜まで打って、道が空いてから帰るらしい。

二回目は、後者のパターンだった。

一回目は夏だったから、六本木の雀荘のクーラーが異様にきいていて、常宿に

戻ると、身体がすっかり冷えてしまっていて、湯船に一時間余り入って身体を温めたほどだった。

二回目も夏で千葉の成田空港近くの雀荘で、これが古い上に汚ない大箱の雀荘で、客は昼間だから二組しかいなくて、クーラーがギンギンにきいていた。

その上、もう一組は地元のタクシー運転手か、さもなくばチンピラだったのだが、この連中が大声を出すので、よほど途中で、静かに行うように注意をしに行こうかと思ったが、こちらの卓の人たちの普段の生き方がわからないので、静かにしておくことにした。

――こりゃ、今夜は二時間湯船に入らねばダメだぞ……。

そんな状態では麻雀もおろそかになってしまう。

当然、敗れた。

ひどい負け方で、素人が私に狙いをつけてリーチをかけた中単騎を放銃する始末だった。

ところが私に勝ったことがよほど嬉しかったらしく、三人の内の一人がラジオ番組を持っていて、そこでお話をして下さった。

「先日、あの伊集院静と麻雀をして勝ってしまいまして、私が狙いをつけてリーチした㊥単騎をわざわざ放り込んで下さいまして、いや、嬉しかった」

その番組を聞いていた私の友人から連絡が来て、

「おまえさん、××さんと麻雀を打って負けたんだって？」

「なぜ、そんなことをおまえさんが知ってるんだよ」

「さっきラジオで話してたぜ」

「えっ、嘘だろう。なぜ、そんなことを……」

「そりゃ、よほど嬉しかったんだろうよ」

「……」

私は言葉が出なかった。

阿佐田先生ならまだしも、私などたいした打ち手ではない。

――まあいいか。

とその後、四回打つことになったが、それも皆マイナスで、正直、もういいのではと思うのだが、相手は勝つたびに嬉しくてしかたないのか、ゴルフと麻雀が一日のセットのようになってしまった。

やれやれと思いながら、どこかで一度、痛い目にあわせねばイカンのかと大人げないことも考えてしまう。

阿佐田先生の通夜、葬儀の時、私はいろんな人から、その人たちが先生と麻雀を打って、勝った時に預かった借用書を見せてもらった。

「支払いましょうか?」

私が言うと、相手は笑って言った。

「いいの。素敵な記念品だから生涯持っておくの。麻雀の神様の借用書ですもの」

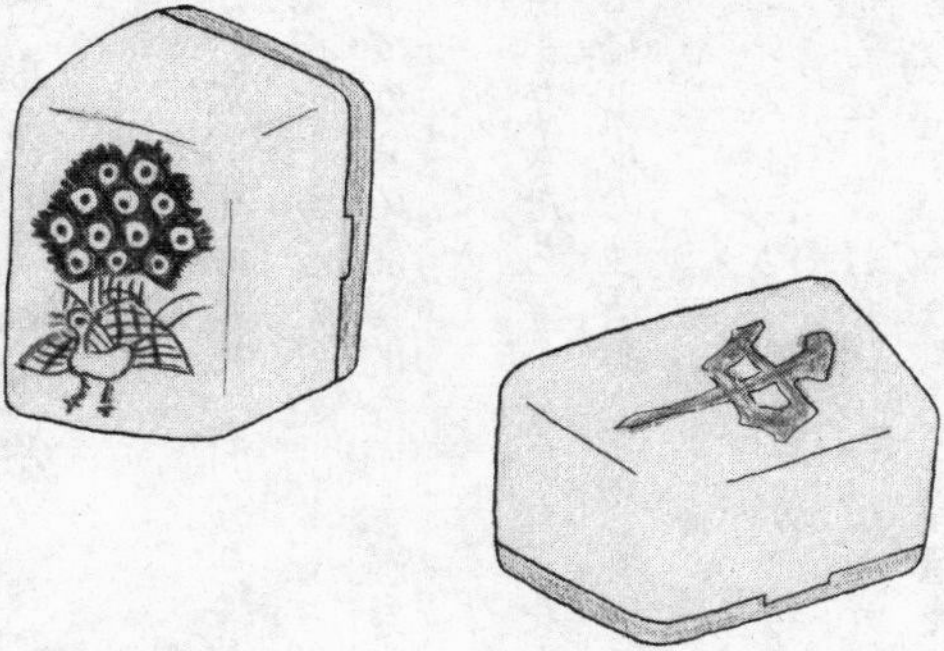

とんでもないゴルフの日が来る

今年の夏から秋にかけて、正確には七月から十月の末までのことだが、九月などは晴天の日が数えるほどしかなかった。気象観測がはじまってからの記録的な雨天続きで、実に一二七年振りのことらしい。

この悪天候はさまざまな人たち、企業に大きな影響を与えた。飲料メーカー、特にビールの製造販売をしている企業にとって最悪の夏と秋であった。

私の周辺からは、ゴルフ好きたちの嘆きが一番多かった。

「いざゴルフの日が迫ると、これが雨天で、しかも大量の雨と、おまけに風が吹き荒れるんだから、そうしているうちに今度はカミナリだ。仕方なくスタートしてすぐにクラブハウスに引き返したよ」

「ひさしぶりに昔の友人が上京するというので、ゴルフ場を予約し、明日はゴルフだという前日に、とてもじゃないがゴルフができる空模様じゃないとわかって、当日は友人と二人でうらめしそうな顔で空を見上げていたよ」

こんな話があちこちから聞こえた。

私も今年は、スタートしてカミナリで引き返した日が一度、いざ常宿を出発しようとしたら、早朝からゲリラ豪雨で、ゴルフ場の近くの道が山崩れしたというので、迎えの車を返した日が一度、わざわざ遠出して前夜、ゴルフコースの近くの宿で早朝出発しようとした時、ゴルフ場から、本日は豪雨と強風でと連絡があり、それでもコースへ行ってみたが、グリーンに水が溜って、とてもプレーができなかったのが一度。合わせて三度の中止を二ヶ月の間に経験したのは初めてのことだった。

そんなに初中後《しよつちゆう》ゴルフをしない私でさえそうなのだから、ゴルフだけが楽しみで、週に一度は必ずゴルフへ出かけるような人には、さぞ口惜しい日々であっただろう。

それでなくとも雨中のゴルフというものは、普段の倍近く、体力と精神を消耗させる。

雨の方が、普段よりスコアーが良いというプレーヤーはまずいない。

レインウェアーを着ただけで身体は自由に動かすことができなくなるし、メガネをかけている人などは、レンズに雨垂れが伝って、視界がぶれてしまう。

以前、この欄でも書いたが、春先、突然、シャンク病にかかってしまい、ゴルフが辛い日々が続いた。

数ヶ月続いたシャンク病がようやく治ったら、この悪天候であった。

それでも私のゴルフは少しずつ快復しつつある。

昔のようにフルスイングし、気分も爽快というふうにはならないが、それでも快復の兆《きざ》しがなくもない。

その証拠に、アウト、インのハーフのどちらかを三十台でラウンドできることが多くなっているし、目をおおうような大叩きも減った。

快復の原因が何かと考えると、ゴルフへの姿勢が以前とは少し違って来たからだろうと思う。

以前の私のゴルフはゴルフにムキになっていることがあったし、必要以上に良いプレー、良いショットをすることに執着していた。

それが、今は、

――イイ時も、悪い時もあるさ。

という構えになった。

それは裏返せば、イイ状態はずっと続かないし、悪い時もずっと続かないという考えができるようになった。

「達観しましたね？」

それは違う。

達観するほどのゴルフはこれまでに一度としてないし、ゴルフというスポーツが、達観などする必要がないものだからだ。

「チクショウ、またやってしまったか。つくづく俺はバカだな」

という状況をくり返すのがゴルフである。

悩むことがないゴルフはゴルフではない。

私は普段、原稿を執筆し、それを生業としている。

当然、各社には私の担当編集者がいる。もうすぐ定年を迎える編集者もいれば、まだ若い、青年編集者もいる。

先日、その若手の編集者たちと食事をし、酒を飲んだ時、その中の一人が言った。

「伊集院さん、今年の忘年会なんですが……」

「おいおいもう忘年会の打ち合わせかね？」

「いやそうじゃありません。今年の忘年会の昼間、皆とゴルフをご一緒してもらえないかと？」

「君たちゴルフをするのかね？」

六人の若手に訊くと、

「二人は経験してますが、残りの四人はゴルフコースに出たこともありませんし、ゴルフクラブも持っていません」

「それじゃ無理ですよ。初めてゴルフをする人が六人中四人じゃ、それは冒険どころか、間違いの部類に入ります」

「ダメですか？　皆、明日にでもゴルフクラブを買って練習をする覚悟なんです。それでもダメですか？」

彼等の真剣な目を見て、それ以上は言えず、

「わかりました。じゃ三ヶ月後にやりましょう。それまで練習をしておいて下さいよ」

「ハイ、ハイ！」

と皆が元気に、嬉しそうに返答した。

その夜は約束をしたものの、数日過ぎると、やはり無茶なことを引き受けたと思いはじめ、一人一人に電話を入れ、練習はしていますか？　と訊いて回ることになった。

そうこうしているうちに来月（十一月）がその日になる。

無事に終えられるだろうか、と今はもう心配を通り越して、どうでもなれという心境である。

一ヶ月後、その日のことを報告するようになる。まあとんでもないことが、ひとつ、ふたつは起こるだろう。

期待しないでいて欲しい。

野球とゴルフ

先日、茨城の取手国際ゴルフ倶楽部で、立教大学の野球部の同期の連中と半日、ゴルフを楽しんだ。

同期と書いたが、正確には、私は二年生の秋に退部をしているので、彼等と過ごしたのは二年間である。

こういう退部をした者を〝尻《ケツ》を割った者〟と呼ぶのだが、この言葉の意味を調べてみると、悪事のたくらみが露見する、とあった。どうして〝尻を割る〟と言うのだろうか。

ともかく私がグラウンドを去ったのだから、彼等と、オイ、オマエと言い合える資格はないのだが、どういうわけか、皆が歓待をしてくれて、年に二度のゴルフのコンペに誘ってくれる。

彼等とは四十年以上も前にグラウンドでともに野球をしたのだが、顔を見ていると、その当時の彼等のユニホーム姿や投手なら投球フォーム、野手ならバッティングフォームがよみがえって来るから妙なものだ。

四年生までプレーをした彼等は、プロ野球に入団して活躍した者もいれば、社会人野球に入り、監督までやった者もいる。野球を大学で仕舞いにし、社会人となり、社長秘書、営業、自営業を継いだ者もいて、中には、先日、一流企業の副社長として退職した者もいる。

どんな仕事をしていたにせよ、皆はもう定年を何年か前に迎え、のんびりと暮らしている。

大学の、それも六大学野球のレギュラーとして活躍していたのだから同じ球技であるゴルフを趣味にしているのは当たり前のことかもしれない。皆そこそこのプレーで、年齢のわりにはボールもよく飛ぶ。

しかしアマチュアゴルファーとして上級者レベルのゴルフかと言われれば、楽しむことが第一義での趣味の域だから、失敗も多い。

それでも付いたキャディーから口を揃えて、

「皆さん全員身体が大きい方ばかりですが、何をなさってたんですか」

と訊かれることが多い。

私が見ていても、やはり普通の人とは骨格、肉付きが違う。大学での四年間の練習はやはり体力の基礎を鍛えたのだろう。

私も講演会や、サイン会などで初めて逢った人に、大きな人だったんですね、と意外な表情をされることがよくある。

決して上級者レベルではないと書いたが、それには理由がある。

野球とゴルフは同じ形のボールを打つのだが、根本は違う。

野球のバットは丸い棒であるのに対してゴルフのクラブは平面でボールを打つ。その理由はゴルフはどこへボールを運ぶかが何より大切なスポーツで、打つ場所がポイント（点でもイイ）となっている。野球は打ったボールが右中間でも左中間でもヒットになれば、ナイスバッティングということになる。ここが根本として違う。

その上、ダイヤモンド以外にボールが飛んでもファールとして扱われ、また打ち続けられるが、ゴルフはコースを外れるとOBとなって、罰則がつく。ここが大きな違いである。

さらに正確に言えば、ティーショットを打って、まあまあの所にボールが飛んだというのが、野球で見るとセカンドベースから左右に一メートルが限度でバックスクリーンにむかう打球のことになる。

野球をしていた人が初めてゴルフをやりはじめると、皆が皆、

「俺たちは動いているボールを打って来たんだ。止まっているボールを打つなんぞ簡単だ」

と豪語するが、すぐに、それがいかに難しいかがわかる。

野球経験者がゴルフを上達するには、競技の根本的な違いとボールを面でとらえることを早く理解できないと、いつまでも、〝よく飛ぶが、よく曲がる奴だ〟を続けることになる。

だからむしろ、ホッケー選手やテニスの選手の方がゴルフの上達は早いと言われる。

ただ上達することに躍起になっているゴルファーは、ゴルフを楽しむことができない。

肝心はいかにゴルフを楽しむかである。

バカは死ななきゃ治らない

お盆の最中に、群馬の安中の近くにあるゴルフコースへ、若手の編集者と出かけた。

今年のゴールデンウィークの前後にも、そのコースへ行き、なかなか面白かった。

その折、ゴルフコースの副支配人の女性が、幹事のEさんに、

「一度、スリーラウンドプレーをしにいらっしゃいませんか？」

と提案された。

Eさんから連絡があり、

「伊集院さん、先日プレーした〝レーサムゴルフ&スパリゾート〟の副支配人から連絡があって、一度、スリーラウンドプレーをしてはどうかと言われたんですが、そんなバカなことはしませんよね」

「一日にスリーラウンドするってことかね？」

「そうです。私も冗談は休み休み言えって言ったんですが……」

「当たり前だ。死人が出るぞ」

「そうなんです。それも真夏にスリーラウンドじゃ死にますよね。私もそう言ったんですが……」

「Eさん、さっきから、言ったんですが……という、その話し方はどういう意味合いを含んどるの？」

「いや、別に、私も、そんなバカなことをするわけないだろう。ましてや伊集院さんはもう七十歳になるんだぞ。大切な作家の先生に何かあったらどうすんだ。とまあ、答えたんですが……」

「その、言ったんですが……。答えたんですが……の、その余韻は何だね？　それにEさん、私はたしかにもうすぐ七十歳だが、自分がジジイだなんて思ったことは、一度もないし、君たちとゴルフをしていて、私一人がバテたことがあるかね？」

「いや、それはもうスーパーマンよりお強いのは皆重々知っておりますし、飛距離ひとつを見ても、とても七十歳の」

「君、七十、七十と言うのはやめてくれんか。ワシを年寄り扱いすると許さんよ」

「じゃなさいます？」

「何をだね？」

「一日スリーラウンドプレーです」

「……」

私は思わず黙ってしまった。

一日でスリーラウンドすることに、いったい何の意味があると言うのだ。それをしたからと言って、何かゴルフが変わるのか？

「Eさん、そりゃゴルフ場の連中の罠《ワナ》だよ。客寄せの罠としか思えんよ。そんなバカなことに乗る奴がいるか。第一、お盆じゃ、カンカン照りだぞ。君の命日になるぞ」

「いや伊集院さんにそうなられては困りますし」

「ワシはスリーラウンドくらいへでもない。君たちのことを心配しとるんだ。バカモン」

「じゃ試しにやってみますか？」

「うん、そうだな……。何時にスタートするんだ？」

「朝の四時二十分だそうです」

「——四時二十分！　普段なら飲み屋でまだ飲んどる時間じゃないか。それで一気に回るのか。よく考えてみたまえ。ワンラウンド四時間として……。ダメだ。あのコースは結構難しいから、ワンラウンド五時間はかかるぞ。五時間に三を掛けたら、君、十五時間、コースにいるということだぞ。四時半に出ても最後は夕方の七時じゃないか」

「そうですよね。詳しいことを聞いてみましょう。それでなさるんですね」

「ああ、勿論だ！」

かくしてお盆の最中、本誌担当のS君と私は前日の午前中、新幹線に乗っていた。

到着して、まず身体を慣らすためにハーフラウンドした。

夜の食事の席で私は皆に言った。

「お盆で死んだら、命日が覚え易いし、何年先まで、供養がお盆なので一石二鳥だ。しかし脱落者が出た場合、その人を介護することはできないから、自力で病院へ行ってくれ。今夜、家族の声を聞いておきなさい。故郷のご両親、ご祖父母さんもだ。ではよく睡眠を摂りなさい」

翌日、朝三時に起床。

シャワーを浴びて、珍しくストレッチをした。

アイスボックスも仙台から送ってもらい準備を整えた。

生まれて初めて、半パンツでゴルフをすることにした。

ズボンは必ず汗で重くなる。できるなら海水パンツでラウンドしたいくらいだ。

部屋のカーテンを開けても、星が光っているだけである。

小鳥さえまだ眠っている。

——大丈夫か？　イイ歳してこんなことをして……。

——何を心配しておる。実際、スリーラウンドしたゴルファーがいるんだから、私にできぬわけはない。鹿が降りる崖、馬が降りれないわけがない！（何を言っとるんだ、ワシ）

かくして薄闇のフェアーウェーをアウトとインに分れて、三名ずつがスタートした。

出場者も厳選した。スロープレー、大叩きする若手は除外。

結果、五十歳代と四十歳代が一人ずつ参加。

最初のハーフが一時間半。戻って来ると、インスタート組は一時間十分で通過したという。

「おい、負けてはおられんぞ」

次のハーフは一時間二十分。そうして一・五ラウンド目になると、一般のゴルファーたちの間に入り、ノロノロと二時間半。

そこで休憩して食事。

皆冷たいシャワーを浴びて、スッキリした顔で私たちを迎えた。

一時間半休憩の後、残る一・五ラウンドに突入。ツーラウンドが終了し、最後のワンラウンドが終る頃には、どっぷりと陽は傾いていた。

充実感というより、バカは死ななきゃ治らないである。

翌日、もうワンラウンド。

S君が言った。

「ワンラウンドなんて、そこらのコンビニ行くようなもんですね」

スリーラウンドプレーの効用

前回のスリーラウンドプレーの話は私が予想した以上に、読んだ方からの反響が大きかった。

「あの話は本当かね？　あなたイイ歳してよくあんなことをしたね。何かあったら、連載に支障をきたしたんじゃないのかね。ほどほどにしてくれないと……」

「いやビックリしましたよ。それにしてもスゴイ。相変わらず無茶しますね。そこがイイんですよ」

忠告もあれば、賛同者もいた。

スリーラウンドプレーの詳細を話して欲しいという人が意外と多く、

「何かゴルフにとってイイことはありましたか？」

「いったい、どんなゴルフになってしまうんですか？」

などと真面目にゴルフのことを訊いてくる人が多かった。

「それは一日でスリーラウンドしたからって急にゴルフが変わるってことはあり

ませんよ。ただね……」

「ただ何ですか？」

「ただ単純に十三時間から十四時間、途中休憩が入ったとしてもクラブを振り続けるわけだから、当然、その人のゴルフの癖みたいなものが出るんだよ。ああ、私のゴルフは、こういうものなんだ、と思えることが、いくつかのホールであったんだよ」

「ほう、たとえば伊集院さんの場合なら、どういうことですか？」

「私のこれは欠点というか、未熟なところなんだが、ミドルホールのセカンドショット、ショートホールのティーショット、ロングホールなら二打なり、三打目、四打目でグリーンを狙える状況にあると、どうやら私はほとんどのケースでグリーンを狙ってしまってるんだ」

「それがイケナイんですか？」

「いや、大半のゴルファーは皆そうするのだろうが、グリーンを狙える状況にあるかを、冷静に考えない頭になっているのがわかったんだよ」

「それがマズイ？」

「いやマズくはない。しかし同じパーなり、ボギーでおさめるにしても、別の方法があるのでは、と考える頭がないんだよ。その結果、良い方へ行けばいいが、大半が良くないケースになる。それがわかっているのなら、他のやりようがあったんじゃないか。さらに言えば、他の方法の中で最善なプレーがあったのではと、思ったんだ。具体的に、こうだとは言えないんだが……」

「わかるような気がします」

「あとはスリーラウンドプレーをして、普段の十八ホールをプレーする。まあワンラウンドがどういうものかを少し考えるようになったね」

「どういうことですか?」

「ほら、前回書いただろう。一緒にラウンドした、本誌の担当のS君が、ワンラウンドプレーなんてスリーラウンドプレーに比べたら、そこら辺りのコンビニに行くようなもんですねって」

「ああ、面白い言葉だったですよね」

「あの何気なく言った彼の言葉だけど、ワンラウンドをプレーするってことは、あっと言う間にラウンドが終るってことを、最初によく頭に叩き込んでおけよ、と思ったんだ」

「ほう、それはどういうこと?」

「つまり、スタートホールはまあいろいろあるけど、少しずつ身体が慣れて行けば、本調子になって行くという発想では、ゴルフがそれまでと変わらないと思ったんだ。だからと言って、スタートホールから全力で行け！ってこととは違うんだ。一番から十八番までの十八ホールで、何回かのミスをするんだけど、そのミスはそこで終えておかないと、同じことをくり返すと言うか、失敗の原因が何かを、そこで解消し、別の方法で残りのホールをプレーするくらいの転換を、早い内にしておくことが大切なのだろう」

書いていることが少し抽象的でわかり辛いのは申し訳ないが、簡単なことを、実際のラウンドで大半のゴルファーがやっていないということなのだろう。

あと面白いのは、

「ぜひ次の機会にお誘い下さい」

という人が多かったことだ。

皆、元気であるし、ゴルフが好きなのだろう。

私個人のことで言うと、自分の身体のどこが痛んでいるかがよくわかった。

私で言うと、右の膝の内側と膝の皿の部分である。

これは大学の野球部でプレーしている時に、頭を越えて行く打球をフェンス際まで追いかけて、そこでジャンプして捕球しようとした時、コンクリートのフェンスに右膝からぶち当たった時の傷である。

まだ球場のフェンスがコンクリートのところがたくさんあった。

今のようにクッションを少し入れてくれていれば、五十年近くあとになって痛むということはなかっただろう。よほど準備運動をしておかねば、最後にゴルフができなくなる原因がこの右膝になってしまう。

それにしてもスリーラウンドプレーはさまざまなことを教えてくれた。

そのもっとも大きなことが、クラブを手にして、目標を決めたら、考えずに、サーッと打つことだ。

それも自分の好きな力加減で、サーッ、クルリという感じだ。

全英女子オープンを勝った、あの渋野という女の子の、一番の良さは思い切りがよろしい。プレーが速いし、いちいち考えてない。

あれこれ考えたところで、たいした事は思いつくはずがない。

いよいよ秋になり、ゴルフには良い気候になる。

まああまりいろいろ考えずに、自分の力量でプレーをしていけば、それが一番面白いはずだ。

私の秋のゴルフのいましめは、

一、自分の一番良いスイングをしようとしない。

二、迅速にプレーする。

三、相手のプレーをよく見る。

四、よく準備運動をする。

ここまで書いて、できないことを相変わらず目標にしとるナ、と感心してしまった。

そこに見えない人が……

十月九日から二週間、銀座のデパートで「伊集院静展」なる催しをすることになった。

五年位前から、そのデパートから展覧会をして欲しいと申し込まれていた。

「君ね。私は死んだわけじゃないんだから。こうして生きている人間の展覧会は、普通の精神状態の作家ならせんでしょう」

ところが私が金を借りている出版社の社長と、そのデパートの社長が親戚だった。同席して依頼を受けた時、まだ借金もあるし、と引き受けたことが大間違いだった。

年々日々、創作に成長、変容をしている陶芸家や、画家、彫刻家なら展覧会を催すことは、彼等の生活もかかり、むしろ必要なことである。

ところが小説家という仕事に、そういうものがあるはずがない。

それがわかっていて、引き受けたのだから、よほど頭がおかしくなっていたのだろう。

とは言え、引き受けたのだから、やるべきものはやろう、と決心し、やりはじめると、やはり困った。

展覧会に出品するものが何ひとつない。

「生原稿を見たいと言う人がいらっしゃると思うのですが……」

「原稿はその年の年末に皆燃やして来たからありません」

「燃やされたのですか？」

「そうです」

「ヤンキースの松井秀喜コーチの現役時代のものは何かありますか？」

「何もありません。これまでバットやサインボールを頂きましたが、すべて人に差し上げましたから」

ニューヨークの松井選手（現役の頃）に逢う度に仙台の家人から頼まれたボールに一個か二個サインをして貰ったが、東京に着いて、そのサインボールを見つけた誰かが、羨ましいと口にすると皆差し上げた。

家人に言われた。

「せめて一個くらいサインボールを仙台に持って帰られてもいいじゃないですか

？ 欲しいと言う人がたくさんいるんですよ」

「悪かった」

仕方がないので、松井選手のサインを真似する練習をし、仙台の近所の人に、そのサインボールを渡した。

そのことを松井選手に話すと、

「伊集院さん、それ犯罪ですから」

と言われた。

「松井君、犯罪というのは、誰かのなした行為で、人が理不尽な目に遭ったり、不当な利益を上げたり、その他諸々の犯罪はあるだろうが、私が君のサインを真似して近所の人たちに渡し、彼等は大喜びをしているんだ。どこに理不尽、不当というものが起きているのかね？」

「なるほど、たしかにそうですね」

松井君の地元、ニューヨークでは話が違う。なぜなら松井選手のサイン入りボールは大変な高値になる。

仙台の片田舎で、松井君のサインボールが高値で扱われていることなど誰も知らない。それでも皆が喜んでいるなら、私はそれでイイと思った。

ともかく私は自分の近くに価値があるものはいっさい置かない（もっともそんなものはないのだが）。

或る時から、物というものにいっさい興味を失くしてしまった。

その理由はここでは書かないが、ともかく物にこだわるということを三十代半ばでいっさいやめた。

その展覧会のさまざまな展示コーナーの中に、ギャンブルのコーナーがあり、それを本誌のS君と、それ以前に阿佐田哲也先生の担当であったAさんが引き受けてくれた。

小島武夫さん以下、当時のプロ雀士の猛者と打っていた時の、私の一面を紹介してくれた。

その当時の写真を見ると、突っ張っていて、いかにも青二才風である。

あの頃、伊藤優孝プロが経営しはじめた歌舞伎町の雀荘に六日間くらい入り浸り、打ち続けた。

灘《なだ》麻太郎さんもバリバリの現役で前原雄大も若手だった。浦田和子さんというやさしくて強い女性雀士が奮戦していた。

懐かしい時代だった。

騎手の武豊さんがフランスのトゥールーズで競走をするというので、パリから飛行機に乗って出かけたことがあった。

その時、午前中のレースで武君が騎乗する馬をパドックで見たら、これがイイ馬なんてもんじゃなくて、単勝、複勝、二連単を買い、すべて的中した。

この馬券が展示してある。

色川武大先生（阿佐田哲也さん）と二人で競輪に出かけていた時代の写真もある。

ただ私とすれば、そんな日々は、遠いのか近いのかはわからずとも、すでに流れ去った川の水のようなものだから、それを掬《すく》うこともできはしないし、そのまま流れて行くだけだと思っている。

人がどれだけ過去を追い求めても、その行為はむなしいだけのもので、何かが手に入ったり、実感として見つめられるものは何ひとつない。

栄華というもの（私にはないが）が続かないように、人は、時間が来れば皆塵《ちり》になるだけなのだろう。

今回、展覧会の準備に関って、大半が嫌な思いをしたのは、実は自分にとって一番大切であった時間はそこに展示してあるものではなく、展示すらしようがない、大勢の、私が背中を見つめたり、ともにとぼとぼ歩いたり、殴り合ったり、ともに打ちのめされた人たちとの時間だったからである。

その人たちは無名で、家族さえいなかった人たちで、競馬場のオケラ街道をともに歩き、競輪場近くの飲み屋で飲み続けた人たちである。

もうわかっていることだけど、今回の展示を見ることがあれば（私はそんな気はさらさらない）、

——ほら見ろ、おまえのして来たことはこんなにクダラナイことだらけだろう……。

という感情になるのだろう。

ともかくこんな悪行をすべきではなかった。

ゴルフはなぜ低迷するのか？

また大きな台風が日本列島に接近している。

前回の台風十五号は関東を直撃し、千葉の内房、外房がやられた。

ゴルフコースは一週間余り、クローズになり、コースもかなりのダメージを受け、今もその影響が続いている。

今の日本のゴルフコースの経営はどこもギリギリの状態で、二十年前に大半のゴルフコースがおかしくなった時に、外資系の銀行がまとめて買い取り、それをまた日本の銀行、金融機関に売って利ザヤを稼いだ。

その日本の銀行、金融機関が利益率の悪さに、今度はアコーディアとかＰＧＭといったグループに売り捌《さば》き、その度ごとにゴルフコースは質が悪くなっている。

だからコースに行き、フロントで手続きをしようとすると、

「アコーディアの会員カードをお持ちですか？」

と訊かれる。

「アコーデオン？　そりゃ、楽器の会社かね？」

と聞き直したほどだ。

アコーディアというグループを批判しているのではない。

ゴルフは誰もが楽しみで、そこへ行くのだから、スーパーマーケットのレジのような聞き方をして欲しくないと、私が思ってるだけだ。

私のホームコースも、今年から入会金を三〇〇万円上げた。

そうしなければ経営がなり立たないからである。ホームコースの会員は一一〇〇人くらいだが、会員の平均年齢は七十三歳を越えているらしい。

そうなると、年齢とともに会員は減って行く。新しい会員を募集してもなかなか集まらない。

いずれ会員の数もわずかになり、ゴルフ場は立ち行かなくなるだろう。

会員の高齢化はどのメンバーコースもかかえている問題だ。

ゴルフというスポーツは、実際にプレーするようになると、かなり面白いものだが、欠点もある。

テニスや、野球と比べると、時間がかかることだ。

午後からテニスコートへ行き、少し汗を流す、ということができない。

夜になって、ナイターで一ゲーム野球をするということもできない。

実際のプレーは四時間しかしていないのだが、東京で言えば、コースまで時間がかかるし、プレーもハーフラウンド二時間以内でできないコースの方が多い。海外のようにスループレーでラウンドできればいいのだが、日本の各ゴルフコースは昼食をゲストに摂ってもらっての利益までが経営の基準になっているから、どうしてもプレーと食事を合わせると六時間になり、これにゴルフコースまでの往復の時間を加えると、九時間近くかかってしまう。

この長く時間を必要とすることがゴルフの人口を減らしていることもたしかである。

そのために、少し前、世界中のゴルフのルールを時間短縮の目的で大きく改正したのである。

ゴルフはすでにスポーツの主力になっていないのだろう。

もうすぐアメリカPGAツアーの選手が日本にやって来るらしい。

エキシビションでタイガー・ウッズ、ロリー・マキロイ、ジェイソン・デイ、松山英樹でプレーをするそうだが、私はタイガー・ウッズのゴルフにまったく興味がない。

以前、アメリカにPGAツアーの取材に行った折、タイガーに挨拶したら、アゴであしらうような仕草をされたので、

「何だ！　その態度は。バカモン」

と怒鳴りつけた。

勿論、日本語だからわかるはずはないが、私が怒ってるのはわかったようだ。

少年たちがサインを求めても無視していた。

そうしたらすぐに性犯罪のような行状が発覚した。

――そら、やっぱり。

と思った。

この選手を尊敬している日本のプロがいるというのだから呆れる。

日本の男子プロの人気がここまで低迷し、現実、彼等の実力が、どんどん世界レベルから離れて行ってしまうのは、どこに原因があるか？

彼等には、なぜ自分たちが暮らして行けてるか？　という基本がわかっていない。レベルが低いのは、練習をしないからで、その上、志しが低過ぎるからである。

皆が皆同じようなフォームでスイングしていたら、そりゃビックリするような新人は出て来ませんよ。

こんなギャンブルをして来た①

十一月の声を聞いたかと思っていたら、スポーツ紙の競馬、競輪、競艇欄やその他を見ると、すでに胴元の人たち（ＪＲＡ、ＪＫＡ、日本財団）は、年末にむかってギャンブルを好きな人たちに、さあはじめるぞ、と言わんばかりに特集を組みはじめている。

私も、若い時は、その特集が嬉しくて、さあ、いよいよ大レースが軒並押し寄せて来るぞ、と意気込んだものだ。

そうして結果としては、意気込み過ぎて、オケラになり、淋しい年の瀬、年始を迎えることになった。

この連載は、或る程度ギャンブルを打って来た人を対象に書いて来たので、初心者の心得というのはほとんど書いたことがない。

なぜなら、〝初心者にギャンブルのことを親切に教えるな〟という格言があるとおり、初心者は自ら、己の賭け方を身に付けるしかないからである。

ギャンブルにはいろんな入口があるが、いったんそこに入れば、五十年のベテランも、半年そこいらの若者も対等に戦えることが、ギャンブルの魅力のひとつである。

さて編集部のS君から、

「これからはじまる大レースに対して、どんな賭け方、見方をすればいいのでしょうか？」

という質問があった。

「S君、ギャンブルに、大きいも、ちいさいもないんだよ。ただひたすら戦うしかないでしょう。胴元のあおりを受けて動いてしまう方がむしろおかしいんだよ」

「そうなんですか？」

「当たり前でしょう。胴元にとって年の瀬は、一年で一番の稼ぎどころなんですから」

「一年で一番ですか？」

「そう、一年で一番、人々が金を使うのが年末なんですよ。大半の人の一年の決着は年の瀬なんです。同時に決着がついた人たちは、昔で言う〝飲む、打つ、買う〟に走り出すのが当たり前でした」

「そうなんですか？」

「はい。年の瀬のギャンブルで大儲けをして正月から大豪遊をしたって話は一度も聞きませんから」

「そんなに確率が悪いもんなんですか？　年の瀬の大レースを打つってことは？」

「そうです。別に年の瀬に限らず、ギャンブルで勝つことは、やはり相当難しいことなんですね」

初心者にむけては、

「自分の好きな数字、馬の名前、競輪、競艇選手の顔写真で判断して打つのが一番だと思います。つまり〝見得買い《ケントク》〟が一番的中する確率が高いんですよ」

こう言うと、そんなことでギャンブルが戦えるのか、と長年ギャンブルをして来た人たちは思うかもしれないが、情報を集めて、考えに考えて、出した結論と、〝見得買い〟と言われる自分の誕生日の数字とか、自分が好きな色彩の勝負服を着ている騎手とか、競艇選手を買う、そのやり方がベテランが出した結論とさして変わらないのが、実はギャンブルなのである。

——初心者に告ぐ！　ともかくあれこれ情報なんぞを集めないで、自分の好きなものを買いなさい！


さて年が明ければ、ひさしぶりに本誌で小説連載がはじまる。

今はその取材や、資料を読むのに日々追われている。

小説のテーマ、内容は、今ここでは語ることはできないが、何年か振りに緊張もしている。

新しい小説を書く時、私は何十年くり返して来たことを思う。

それは、

——小説の肝心とは何か？

という、何十年とくり返している考えである。

では、それを問うて何か結論が出るかと言うと、これは面白いことに答えは何ひとつ出ないのである。

——書くしかないんだよ、小説は。とやかく言う前に、あれこれ考える前に、書くしかないのが小説なのである。

ここが小説が、すべての仕事をしている人たちと似ているところである。

こう書いて、小説のことは講釈を語るものではないとあらためて思った。

さて、年明けまで、あと五週間の連載となった。

小説の連載と重なるので、以前、こんな店で食べて飲んで来たというのを半年余り書いたことがある。

それと同様に、こんなふうなギャンブルをして来たということを思い出しながら書いてみようと思う。

まずは、最初に馬券をまとめて獲った有馬記念の話である。

一九七〇年の有馬記念である。

その年の凱旋門賞に日本から野平祐二騎手が騎乗して、日本の代表馬、スピードシンボリが出走した。

帰国後、スピードシンボリは有馬記念を制していた。

海外遠征でスピードシンボリは体重が減り、まず出走も無理だろうと言われていた。

翌年の有馬記念、一番人気は五歳馬アカネテンリュウだった。

二番人気はメジロアサマ。

この有馬記念の日、私はまだ学生だった。

この日、アイビーの洋服などを作っていた「VAN」というメーカーの家族向けのバーゲンセールがあり、私は友人から金を預り、そのセールで皆の服を買う役であった。

当時の金で、かなりの額をポケットに入れ、バーゲン会場のある青山にむかおうとしていた。

渋谷駅で降りると（当時、下北沢に住んでいた）ぞろぞろと男たちが並木橋方向にむかっていた。

——あっ、そうか、今日は有馬記念だ。

私は思い、いつの間にか男たちのむかう方向へ歩き出していた。

この結果は、次回に詳しく書こう。

こんなギャンブルをして来た②

その年、私は下北沢の友人のアパートに転がり込んでいた。

そこには浜松から出て来た兄弟が二人で暮らしていた。

その兄弟の兄貴の方が、東京・青山にある大学に行っており、準硬式野球部の主将をしていた。

何の縁であったかは失念したが、その野球部のコーチとして私は二十日ほど出かけて、そこで知り合った主将のOと飲みに行き、その夜遅くまで飲んでしまい、そのままOの部屋に泊まることになった。

地方出身の学生はたいがいアパートと言っても六畳とか四畳半くらいのちいさな部屋だったが、Oは弟と二人なので、二部屋に台所が付いている、一軒家の二階にまるまる住んでいた。

浜松の実家が建設会社で、親が兄弟を一緒に住まわせていたようだ。

翌朝、二日酔いの頭で目覚めると、イイ匂いがした。

　Oが自分で朝食をこしらえてくれていた。

「おう、美味そうだナ。これ全部、君がこしらえたのか？」

　私が言うと、Oは照れたような顔をして、

「残っていた材料で作ったので、あんまりイイ料理はできなかったよ」

　卵料理からサラダ、野菜炒め、納豆に味噌汁まであり、白飯も炊いていてくれていた。

　食べてみると、これが美味い！

「弟は出かけてるのか？」

「野球部の合宿でいないんだ」

　――兄弟で野球部に入ってるのか。

「だからコーチ、ゆっくりしていってもらってもイイんだよ」

　――昨晩、初めて飲んだだけだし、図々しく居座るのもナ……。

　と思ったのは数分で、その日から私は居付いていた。

　世話好きな奴で、料理も作るが、洗濯もしてくれるし、裁縫までやる。

　――こりゃ楽ちんだ。

「O君よ。ちょっと訊きたいことがあるんだが」

「何？」

「君、まさかアッチってことはないよナ。そうなら俺は無理だから」

「ハッハハ、それはないよ」

やがて弟が帰って来た。これがまた真面目で、私が六大学の野球部にいたことを兄から聞くと、それだけで尊敬される始末だった。

そんなら、と広い方の部屋に兄と弟で寝てもらい、私が一部屋をゲットすることにした。

兄弟で共通しているのは、野球ともうひとつ普段、彼等が着る洋服がすべてアイビールックだったことだ。

部屋代もタダだし、食費も不要、洗濯もしてもらう……。

――何か礼をせにゃいかんナ。

そこで、アイビールックで有名だった「VAN」というメーカーに知り合いがいたので、事情を話して、商品を安く購入する方法はないかと相談すると、

「それなら、来月、うちの社員の家族むけのバーゲンセールがあるから、そこに入れるパスをやるよ」

「それって、そんなに安いんですか」

「安いってもんじゃない。ほとんどの商品の値段が五分の一以下だよ」

「えっ、そんなにですか?」

「そうだよ。そのパスはプラチナパスと言われているんだ」

「そのプラチナをよろしく」


そのプラチナパスの存在をO兄弟も知っていた。

「本当ですか? それじゃ、友達にも教えてやろう。金を集めて、コーチがぜひ買って来て下さい」

——皆の金を集めて?

そのバーゲンセールの日が、年の瀬も押し迫った十二月二十日の日曜日だった。

私は彼等から金を受け取り、下北沢のアパートを出た。

渋谷駅で降りると、大勢の私と同じような匂いがした男たちが並木橋の方角にむかっていた。

——あっ、そうか、今日は有馬記念がある日曜日か。

私はいつの間にか、並木橋にある場外馬券場にむかって歩き出していた。

——こんなまとまった金を持って場外馬券場にむかうとは、俺はまったく運が

VAN
JAC
for the young and
the young-of-heart

イイ。

勿論、ポケットの中の金はO兄弟の金と彼等の友人の、バーゲンで洋服を購入する金だ。

——なに、有馬記念で何倍かにして全員に何か他の洋服もプレゼントしてやればいい。きっと喜ぶだろう。

今、こうして昔のことを書きながら、私という男は何十年もの間、何ひとつ変わってなかったのだとあらためて納得というか（感心はしないが）、どうしようもないナ、と思った。

並木橋の場外馬券場に入り、出走表を取り、そこで何を打つかを考えた。

出走メンバーで主な馬は、

アカネテンリュウ（五歳馬）。この馬が私の本命だった。まだ馬単も三連単もない時代だ。枠連しかない。

——どの馬と絡ませるか？

十一頭立てだったから⑥⑦⑧枠が二頭ずついる（どちらが来てもいいのである）。アカネテンリュウが一番人気で、二番人気がメジロアサマだった。ダテテンリュウが菊花賞を制した四歳馬で勢いがあった。

しかし私は凱旋門賞に二年連続して挑戦したスピードシンボリが今年もやってくれるんじゃないかと思っていた。

騎手は野平祐二である。祐チャンは当時、〝モンキー乗り〟で日本一のジョッキーだった。三番人気だった。

――ヨォーシ、ここは有り金すべてアカネとシンボリで行こう。

⑤－⑥の馬券を一点で買った。

「ようニィチャン、勝負師だネ」

「やかましい。貧乏神が声を掛けるんじゃない」

四コーナーを回って八番手にいたスピードシンボリが内側からスルスルと抜けて来て、直線強烈に追い上げたアカネを抜いた。

四コーナー手前では、一瞬、ダメだと思ったが、ゴール前はシンボリが抜け出し、なんとアカネの背後からダテンリュウが猛追して来た。写真判定である。

長い写真判定の末、二着に7番アカネが点り、馬券は⑤－⑥で七五〇円の二番人気だった。

払戻しを受け、ホクホクしてバーゲン場にむかった。

しかし三日後、大井競馬場ですべてを失くし、O兄弟に帰省の切符代を借りた。

ともかくそれが七桁の配当金を手にした最初だった。四十九年前の話だ。

あらあら、たいしたお年玉ね

新年号より、ひさしぶりに連載小説を執筆する。

この七、八年、時間があると構想を考えていたもので、舞台は昭和の初めから、戦後の何年かの物語になるが、まだ今が執筆真っ最中である。

昭和の初めには、まだ任俠、俠客《きようかく》といった者が、あの世界には色濃く残っており、社会の中で、彼等の存在に〝悪〟とか〝暴力〟だけに走る傾向がなかった。天涯孤独になった一人の若者の生きざまを通して、男たちがどう生きていたかを書ければと思っている。

舞台は九州、中国地方、大阪、そして東京は浅草も登場する。

とは言え、全国制覇とか、今この手の小説や映画が扱うテーマとは少し違ったものになる。

まあ小説だけは書き進めてみなくては、物語がどう動くかわからないところがあるので、私も楽しみにしている。

人生の大半、年の瀬になると、その年が無事に越せるかどうかと案じながら暮らして来た。

別に、年が越せねば命が廃るというようなことではないにしても、毎年、故郷に帰ることが決まりだったので、大晦日の夜に家に帰り、親に挨拶をする折、小遣いのひとつも渡すのが当たり前と思っていたから、いくらかの金は懐に入れて帰省しなくてはならなかった。

長男という立場上、姉妹やお手伝いにも小遣いを渡す。

そういう慣わしが、なぜか生家にはあった。

友人たちも、そうしたものかと思っていたら、誰一人そういう者がいなかった。

——なんだ、自分だけか。

と思ったものの、それを急にやめるのも癪《しやく》だから、ずっと続けた。

今思えば、それが年末の、手枷《てかせ》、足枷《あしかせ》になって、他人より懸命にやらねばならなかったのが、自分の年越しの、当たり前のことになっていた。

こういうことは世の中にはよくあることらしい。

——なぜ、こんなことを自分だけがやらねばならないのか。

と疑問を抱く人より、

——これはやるしかないのだろう。

と、何かをする理由など考えずにやり続けていると、どこかで、

——あれっ？　いつの間に、こんなところまで登っていたんだ！

と眺めが違う場所に立っていたりする。

むしろ、そういうことの方が多いのだろう。

私は年の瀬に帰省する度に、父親に年賀の挨拶として幾ばくかの金を渡していた。

父は何も言わず、それを受け取り、礼などはいっさい言わなかった。

父は小遊びはしないタイプの人だったので（小遊びくらいしかできない金額だった）、その金をどうしたのかは知らないし、人に渡した金になど興味があるはずがない。

父が死んで、遺品やら、いろいろなものの整理を家族がしていたら、私の名前がフタの上に書かれた古い箱が出て来て、

「あら、これ何？　お兄さんの名前が書いてあるわ」

と妹が中を見ると、三十年余りの歳月手渡していた、父への年賀の挨拶の金が

そっくり使わずに放り投げられていた。

金額は言わぬが、八桁を超えていたのだから、長い歳月、小銭であっても、仕方無しにでもやり続けていれば、それはそれでひとつのカタチ、量になるという典型だろう。

——その金をどうしたか？

父のものは、母のものである。母の通帳に難なくおさまった。

「あらあら、たいしたお年玉ね」

まあいいか、と思った。

「作家の贅沢すぎる時間—そこで出逢った店々と人々—」
掲載店リスト

【北海道】

札幌「酒房 円か」（日本料理）
電話 011-622-1248
北海道札幌市中央区南1条西22丁目1-18　ビルド裏参道B1

【青森県】

青森市「天ふじ」（寿司）
電話 017-773-6535　青森県青森市長島3-16-16

【宮城県】

仙台「地雷也」（炉端焼）
電話 022-261-2164
宮城県仙台市青葉区国分町2-1-15　猪股ビルB1

仙台「クラドック」（バー／一度閉店も別のマスターで営業中）
電話 022-399-8376
宮城県仙台市青葉区国分町1-8-14　仙台協立第二ビル地下

仙台「大同苑 泉中央店」（焼肉）
電話 022-776-2989　宮城県仙台市泉区泉中央1-19-7

【長野県】

軽井沢「加納」（寿司／要予約）
電話 0267-41-0316　長野県北佐久郡軽井沢町長倉2622-22

【東京都】

御茶ノ水「焼肉処 三幸園」（焼肉）
電話 03-3222-0186　東京都千代田区神田神保町2-14-2

御茶ノ水「神田勝本」（ラーメン）
電話 03-5281-6801　東京都千代田区神田猿楽町1-2-4

御茶ノ水「蕎麦処 大宣」（蕎麦）
電話 03-3219-1355　東京都千代田区神田猿楽町1-4-4

御茶ノ水「排骨担々 五ノ井」（中華料理）
電話 03-3259-0125
東京都千代田区神田猿楽町 1-3-6　HARA ビル 1F

新橋「新ばし 金田中」（日本料理）
電話 03-3541-2556　東京都中央区銀座 7-18-17

築地「つきじ治作」（日本料理）
電話 03-3541-2391　東京都中央区明石町 14-19

築地「新喜楽」（日本料理）
電話 03-3541-5511　東京都中央区築地 4-6-7

銀座「割烹 いしい」（日本料理）
電話 03-6255-4000　東京都中央区銀座 7-7-15

銀座「莉苑」（中華料理）
電話 03-3573-8788　東京都中央区銀座 6-7-6

銀座「四季のおでん」（おでん）
電話 03-3289-0221　東京都中央区銀座 8-6-8

銀座「くわ野」（寿司）
電話 03-3573-6577　東京都中央区銀座 8-7-6

銀座「おぐ羅」（おでん）
電話 050-3466-7593　東京都中央区銀座 6-3-6 本多ビル B1

銀座「鳥政」（焼き鳥）
電話 03-3561-5767
東京都中央区銀座 4-8-13　銀座蟹睦会館ビル 1F

銀座「東京吉兆本店」
（日本料理／会員からの紹介またはダイナーズクラブ「料亭プラン」からの予約のみ受付）
東京都中央区銀座 8-17-4

神楽坂「龍朋」（中華料理）
電話 03-3267-6917　東京都新宿区矢来町 123

神楽坂「翁庵」（蕎麦）
電話 03-3260-2715　東京都新宿区神楽坂 1-10

神楽坂「裏路地 板前心 吾」（日本料理）
電話03-3266-5011
東京都新宿区神楽坂2-9　アルファタウン神楽坂B1

神楽坂「かぐら坂 新富寿司」（寿司）
電話03-3268-2644　東京都新宿区神楽坂4-4-17

日比谷「南禅寺 瓢亭 日比谷店」（日本料理）
電話03-6811-2303
東京都千代田区有楽町1-1-2　東京ミッドタウン日比谷3F

六本木「中國飯店」（中華料理）
電話03-3478-3828　東京都港区西麻布1-1-5

六本木「鳥長」（焼き鳥）
電話03-3401-1827　東京都港区六本木7-14-1

六本木「ラミーズ」（カラオケバー）
電話03-3505-1855
東京都港区六本木3-4-17　ラミーズ六本木ビル1F、B1

一ノ橋「富麗華」（中華料理）
電話03-5561-7788　東京都港区東麻布3-7-5

浅草「とり幸」（鳥料理）
電話03-3874-3543　東京都台東区浅草3-33-7

浅草「田毎」（焼き鳥）
電話03-3874-3253　東京都台東区浅草3-27-3

浅草「おかめ」（おでん）
電話03-3875-6925　東京都台東区浅草3-20-8

上野「ぽん多本家」（洋食）
電話03-3831-2351　東京都台東区上野3-23-3

上野「多古久」（おでん）
電話03-3831-5088　東京都台東区上野2-11-8

上野「味楽」（焼肉）
電話03-3836-3553　東京都台東区上野2-4-4

上野「鮨　一心」（寿司）
電話 03-3835-4922　東京都文京区湯島 3-43-12　太田ビル 1F

下北沢「小笹寿し」（寿司）
電話 03-3413-0488（予約不可）　東京都世田谷区代沢 3-7-10

【神奈川県】

横浜「鳥伊勢 伊勢佐木町本店」（焼き鳥）
電話 045-261-8343
神奈川県横浜市中区福富町東通 6-4　鳥伊勢ビル 1F

横浜「スカンディヤ」（北欧料理）
電話 045-201-2262　神奈川県横浜市中区海岸通り 1-1

横浜「海員閣」（中華料理）
電話 045-681-2374　神奈川県横浜市中区山下町 147

横浜「徳記」（中華料理）
電話 045-681-3936　神奈川県横浜市中区山下町 166

横浜「安記」（中華料理）
電話 045-641-3150　神奈川県横浜市中区山下町 147

葉山「日影茶屋」（日本料理）
電話 046-875-0014　神奈川県三浦郡葉山町堀内 16

葉山「ラ・マーレ」（フランス料理）
電話 046-875-6683　神奈川県三浦郡葉山町堀内 24-2

鎌倉「かまくら小花寿司」（寿司）
電話 046-723-0490　神奈川県鎌倉市長谷 1-11-13

【静岡県】

静岡市「麺屋 燕 両替町店」（ラーメン）
電話 054-204-2311 静岡県静岡市葵区両替町 2-3-2 NS コート 1-C

静岡市「なるかわ」（寿司）
電話 054-221-1689　静岡県静岡市葵区両替町 1-5-2

静岡市「割烹 辻」（日本料理）
電話 054-221-7732　静岡県静岡市葵区呉服町 2-7-10

【大阪府】

福島「すえひろ」（居酒屋）
電話 06-6452-5482　大阪府大阪市福島区福島 8-16-14

北新地「かが万」（日本料理）
電話 06-6341-2381　大阪府大阪市北区堂島 1-2-33

心斎橋「チルドレン」（バー）
電話 06-6213-1009　大阪府大阪市中央区心斎橋筋 2-3-5

北堀江「フライ」（バー）
連絡先非公表

心斎橋「乃呂」（洋食）
電話 06-6271-7804　大阪府大阪市中央区東心斎橋 1-16-10

【京都府】

祇園「おいと」（日本料理）
電話 075-561-3575　京都府京都市東山区祇園町北側 253

先斗町「余志屋」（日本料理）
電話 075-221-5115
京都府京都市中京区先斗町通三条下ル材木町 188

祇園「やぐ羅」（蕎麦、うどん）
電話 075-561-1035　京都府京都市東山区中之町 211

祇園「コーヒーショップ　ナカタニ」（喫茶店）
電話 075-525-0823
京都府京都市東山区廿一軒町 236　鴨東ビル 1F

祇園「祇園サンボア」（バー）
電話 075-541-7509　京都府京都市東山区祇園町南側 570

修学院「はつだ」（焼肉）
電話 075-722-8179
京都府京都市左京区山端柳ケ坪町 17-3

丸太町「なり田屋」（焼肉）
電話 075-211-0549　京都府京都市上京区河原町東入亀屋 125

祇園「ゆたか」（ステーキ）
電話 075-531-0476
京都府京都市東山区祇園町南側四条花見小路下ル四筋目東入ル

祇園「ステーキ二教」（ステーキ）
電話 075-533-3335
京都府京都市東山区新橋通大和大路東 2 橋本町 385-1

祇園「惺々」（寿司）
電話 075-541-0994 京都府京都市東山区祇園末吉町清本町 375-1

銀閣寺「おめん」（蕎麦、うどん）
電話 075-771-8994　京都府京都市左京区銀閣寺バスプール南隣

浄土寺「まつお」（長崎ちゃんぽん）
電話 075-771-6345　京都府京都市左京区浄土寺西田町 118

木屋町「酒司 飛鳥」（バー）
電話 075-255-4725
京都府京都市中京区西木屋町通四条上ル紙屋町 674-5

七条「わらじや」（うなぎ）
電話 075-561-1290
京都府京都市東山区西之門町 555

上京区「大市」（日本料理）
電話 075-461-1775
京都府京都市上京区下長者通千本西入ル六番町

河原町「銀水」（日本料理）
電話 075-351-6600
京都府京都市下京区木屋町通四条下ル斉藤町 140-12

【兵庫県】

尼崎「おお矢」（日本料理）
電話 06-6422-0270　兵庫県尼崎市塚口町 3-15-1

【愛媛県】

松山「四季瀬戸の味 たにた」（日本料理）

電話 089-945-2300　愛媛県松山市二番町 3-7-4

【福岡県】

北九州「三隈」（チャンコ鍋）

電話 093-551-4948　福岡県北九州市小倉北区鍛治町 1-4-15

＊掲載店の情報は 2023 年 11 月末時点のものです。
すでに閉店、もしくは休業中のお店は掲載していません。

本書は二〇二〇年九月、小社より単行本刊行されました。
文庫化にあたり加筆・修正をしています。